ARQUIVIDA

**COLEÇÃO
CONTEMPORÂNEOS**

Esta coleção é um empreendimento conjunto das editoras *Iluminuras* (Brasil) e *Quadrata* (Argentina). Ambas reúnem interesses, afetos e horizontes comuns na publicação de obras que valorizem o pensamento, a circulação e a experimentação como um projeto do Cone Sul.

Jean-Luc Nancy

ARQUIVIDA
DO SENCIENTE E DO SENTIDO

Tradução
Marcela Vieira
Maria Paula Gurgel Ribeiro

 ILUMI/URAS

Coleção Contemporâneos
dirigida por Ariel Pennisi e Adrián Cangi

Copyright © 2014
Jean-Luc Nancy

Copyright © desta edição e tradução
Editora Iluminuras Ltda.

Capa e projeto gráfico
Eder Cardoso / Iluminuras

Imagem da capa:
Eduardo Climachauska
Hô-ba-lá-lá, 2011, Mármore e cabos de aço. Dimensões variáveis.

Revisão
Bruno D'Abruzzo

CIP-BRASIL. CATALOGAÇÃO NA PUBLICAÇÃO
SINDICATO NACIONAL DOS EDITORES DE LIVROS, RJ

N168a

    Nancy, Jean-Luc, 1940-
        Arquivida : do sensciente e do sentido / Jean-Luc Nancy ; tradução
    Marcela Vieira, Maria Paula Gurgel Ribeiro. - 1. ed. - São Paulo : Iluminuras ;

96 p. ; 24 cm. (Contemporâneos)

Tradução de: Archivida, del sintiente y del sentido

ISBN 978-857321-444-4

1. Filosofia I. Título. II. Série.
14-14717
                        CDD: 100
                        CDU: 1

2020
Editora Iluminuras Ltda.
Rua Inácio Pereira da Rocha, 389 - 05432-011 - São Paulo - SP - Brasil
Tel./ Fax: 55 11 3031-6161
iluminuras@iluminuras.com.br
www.iluminuras.com.br

SUMÁRIO

Contemporâneos, 7
Adrián Cangi e Ariel Pennisi
PREFÁCIO
"Arquivida", 11
Valentina Bulo
ARQUIVIDA
Rühren, Berühren, Aufruhr, 15
Sobre a destruição, 29
Meu Deus!, 51
Arquivida, 63
POSFÁCIO
Do senciente e do sentido, 63
Adrián Cangi

CONTEMPORÂNEOS
Adrián Cangi e Ariel Pennisi

A contemporaneidade reconhece, em qualquer tempo, um tipo de vida na qual o espírito separa pacientemente o sentir e o senso comum para agitá-lo. Em outros tempos — não tão distantes para um olhar histórico — chamou-se a este modo vital de "intempestivo". A potência desse nome só alcança quem consegue habitar a defasagem em relação ao presente que lhe cabe viver. Contemporâneo é, para nós, aquele que não coincide com seu tempo nem se adéqua às suas pretensões. É inatual e, por essa razão, anacrônico para perceber o presente. É o que vive em relação à sua época algum tipo de interpolação dos tempos sem fechamento laico ou litúrgico. Abertura que percebemos como gesto estilístico e incômodo histórico, que aquele que consegue experimentá-la, assume e suporta como pensamento encarnado.

A contemporaneidade de nosso presente destila ou bem a sentença do filósofo que reza "não sei se algum dia nos tornaremos adultos" ou bem a do escritor que reclama "só o estilo como imaturidade pode evitar privar uma vida da vida". Como distinguir a aceitação trágica em um tempo de comédias sórdidas e grotescos estético-políticos em que se privilegiam os conformismos e as obediências de uma suposta inteligência média? Parecemos condenados a uma pegajosa menoridade que não deveria ser confundida com a imaturidade paradoxalmente buscada como estilo vital. Nosso presente pretende nos agrupar de fato e nos moralizar de direito sob as figuras do conformismo, da obediência e da menoridade. Não nos torna, por acaso, "anões de espírito", postados em corpos mais ou menos confortáveis, cujos modos dissimulam para a sociabilidade um capricho infantilmente odiosos e um fatal fastio que desacredita a crença no mundo?

A contemporaneidade não cessa de reclamar ao adulto ligeiramente adaptado e armado com as doses necessárias de cinismo, às vezes de ironia e no mais das vezes de vencidas suspicácias paródicas. A crítica que responde a esses espíritos não passa de uma razão conformista, mas prazerosa com o estado de coisas que lhes cabe viver mais do que esforçada em mudar os encadeamentos dos hábitos e crenças que nos determinam uma torpeza presunçosa. Ao contemporâneo, todo o palavrório de uma época incluindo sua boa crítica, provoca-lhe o reconhecimento de sua força de imposição. Esse reconhecimento não é outra coisa que o respeito ao adversário, frente ao qual o contemporâneo se tornará um franco-atirador impiedoso, ao mesmo tempo que um estilista singular. Por isso cria um tempo dentro do tempo no qual lhe cabe viver e produz, graças à sua capacidade de perceber, um mundo tão aberto como fragmentado.

A contemporaneidade de quem habita interpolando os tempos é uma singular relação com o próprio tempo que, enquanto adere a ele, simultaneamente toma distancia, a favor de um modo de vida, de um espaço de produção ou de um retiro aristocrático do espírito. A violência atual pode mergulhar-nos nas mais sofisticadas e dissimuladas formas de adaptação ou nos transformar em emboscados franco-atiradores. Os que assim se chamam nos falam de uma comunidade sem traços prévios nem destino final, sem fronteiras estáveis nem língua única. Contemporâneo é o chamado a um encontro fraterno entre iguais, sempre díspares e dessemelhantes entre si. Aquele considerado como igual é "qualquer um" capaz de uma busca da imaturidade como estilo vital.

O contemporâneo percebe que sua atualidade inclui seu próprio lado de fora, desajuste que o habilita a um tempo inédito. Aquilo que define seu humor, permanente ou mutante é o tempo que, com sua potência, imprime angústias ou alegrias. Por isso sabe que qualquer representação é uma detenção da imagem do tempo destinada a intensificar alguns valores sobre outros. O pensamento é mestre em fixações pela representação e a reação do contemporâneo gira na pergunta pelo movente. Nisso radica a capacidade de se desembaraçar dos mandatos de uma época e de comprometer as energias disponíveis em criações mais leves que qualquer reclamada origem e mais alegres que algumas pretendidas certezas definitivas.

O contemporâneo faz de seu problema o "agora" como limiar da diferença na história, vive dos contratempos e admite os saltos inesperados. É reconhecido como um militante do incômodo quando seu tempo se radicaliza e como um anfitrião desinteressado quando a chatice destila indiferença. Trata-se de um corpo que convida a ver outras possibilidades de vida naquilo que se apresenta como impossibilidade. Dir-se-á que busca nos tropeços a cifra de seu tempo e que reclama uma ética como um renovado nós. Sua tarefa é a de lançar tão longe e tão amplamente quanto lhe seja possível o trabalho indefinido da liberdade. Pensamento e ethos filosófico são as duas faces de seu movimento.

O contemporâneo espreita modos de vida entre o atual de um presente espacializado e o inatual de uma potência inacabada do tempo. Não acredita em metas cumpridas feitas de boas representações de anseios prévios e sim no fundo irrepresentável de encontros potentes para a vida. Desconhece as tarefas consumadas e se aproxima das fissuras na inatualidade dos movimentos de uma vida para projetar-se num dentro-fora para além da conformidade e oficialidade social e política. Diremos que o caráter intempestivo de sua potência radica em que seu espírito não progride e sim que se transforma, não conhece e sim pesquisa e não acumula, mas sim experimenta.

Tradução de Maria Paula Gurgel Ribeiro

Prefácio
"ARQUIVIDA"
Valentina Bulo

Pensar tocando a junção dos corpos, ali justo onde eles se tocam, nesse toque leve que os fricciona, ali em meio ao amontoado. Corpos grãos de areia que configuram a arquitetônica da vida, sem outro ponto ao qual agarrar-se a não ser o contato com os outros: a ordem da fricção segue o mandato do singular; só ali sabemos até onde, quanto, a intensidade justa de cada vez.

O que Michel Serres afirma de Lucrécio, afirmamos aqui para Jean-Luc Nancy: "como acontece a todos os filósofos apaixonados pelo real objetivo, Lucrécio prefere instintivamente o tato à visão, que é o modelo das gnosiologias que marcam as distâncias por repugnância ou repulsão para com o real. Saber não é ver, é entrar diretamente em contato com as coisas: por outro lado, são elas as que vêm até nós. A física de Afrodite é uma ciência das carícias. Os objetos, à distância, intercambiam suas peles, mandam-se beijos. Na distância está a torre quadrada, angulosa, rígida, rugosa; aproxima-se de mim, redonda, lisa, suave. Fenomenologia da carícia: saber voluptuoso". Nancy elabora a ontologia das carícias, que é também o tocar insurreto dos corpos na separação na qual consiste a vida e inaugura o tocar. O tocar toca por fora, o outro como corpo impenetrável permite esse toque pontual e vibratório.

As diferenças agora se compartem e repartem simetricamente, deixam de se ordenar em torno do privilégio de umas sobre outras, não se ordenam desde o dado como Deus ou Natureza, são as diferenças todas juntas num amontoado, abrindo passagem, empurrando a consideração omnicêntrica de nossos corpos, pluralidade irredutível de um nós que convida à sua liberação. Os corpos se situam entre natureza e técnica, eles consistem no tornar-se mundo do mundo.

Os textos apresentados aqui confluem no que poderíamos chamar de arquitetônica do tocar, sem desenho prévio, e sempre por fora. Os três primeiros correspondem aos que Jean-Luc Nancy me entregou depois de uma entrevista realizada em Estrasburgo em 2001, já publicados em outros livros, mas que davam a resposta e o tom precisos às minhas duas perguntas principais.

Como pode afirmar que não existe natureza? Pensar nisso, instalada, como estava, na selva patagônica, parecia-me estranhíssimo. "Se não existe Deus não existe Natureza", ele me responde, começando a explicar bem devagar cada um dos raciocínios ali implicados. Por isso o envio de "Sobre a destruição" e "Meu Deus!".

Minha segunda questão foi pela possibilidade de encontrar uma espécie de fundo erótico em todo tocar, algo assim como uma "ontoerótica", ao que me responde afirmativamente, e daí o envio do "Rühren".

Uma vez que lhe propus traduzir os textos enviados para a língua espanhola, junto com Marie Bardet, sugeriu-me ainda a tradução do poema até agora inédito "Arquivida", que dá nome a este livro.

Tradução de Maria Paula Gurgel Ribeiro

ARQUIVIDA
DO SENCIENTE E DO SENTIDO

RÜHREN, BERÜHREN, AUFRUHR

Rühren, Berühren, Aufruhr: o alemão permite reunir na mesma família semântica de *ruhr* três noções que, em francês, correspondem a *bouger* [mexer] ou *agiter* [agitar], *toucher* [tocar] e *soulèvement* [revolta], cada um desses termos compreendido de acordo com a diversidade de seus possíveis valores. *Bouger* e *agiter* são empregados em seus sentidos físicos e também morais, do mesmo modo que *toucher* e *soulèvement*. O último termo, por sua vez, orienta seu valor moral a uma direção sociopolítica.

Essa família semântica é a do movimento que não é nem local (o deslocamento, em alemão *Bewegung*), nem de transformação (em alemão, *Verwandlung*, metamorfose, por exemplo, geração e corrupção, crescimento e diminuição), mas o movimento que, no mínimo, pode ser designado por *émotion* [emoção], termo que modaliza a *motion* [moção], que é a transcrição mais próxima do latim *motus*, derivado do verbo *movere*, do qual também conservamos *mouvoir* [mover] e *émouvoir* [comover].

Em francês, o *toucher* parece estar mais estrangeiro à semântica do movimento, enquanto em alemão, evidentemente, ele pertence ao termo. *Toucher, tact* [tato] ou *contact* [contato] parecem ter origem em uma ordem mais estática do que dinâmica. Pode-se imaginar, certamente, que é preciso mexer para tocar, que é preciso "ir em direção ao contato", como se costuma dizer, mas o tocar, por si próprio, parece-nos designar mais um estado do que um movimento, e o contato evoca mais uma adesão restrita do que um processo móvel.

No entanto, o francês também conhece muito bem o valor móvel, motor e dinâmico do tocar: ele está presente quando se fala de uma pessoa ou de uma obra que "nos tocou", quando se evoca o "tocar" de um pianista ou então o toque de um pintor e também o da graça divina.

***

Tocar agita e faz mexer. A partir do momento em que aproximo meu corpo de outro corpo — seja este inerte, de madeira, de pedra ou de metal —, desloco o outro — ainda que com um desvio infinitesimal —, o outro me afasta de si e de certo modo me retém. O tocar age e reage ao mesmo tempo. O tocar atrai e rejeita. O tocar empurra e repele, pulsão e repulsão, ritmo de fora e de dentro, da ingestão e da rejeição, do apropriado e do inapropriado.

O tocar tem início quando dois corpos se distanciam e se distinguem um do outro. A criança sai do ventre e, por sua vez, torna-se um ventre capaz de engolir e de regurgitar. Com a boca, ela apreende o seio da mãe ou o dedo. Chupar é o primeiro tocar. Como se sabe, a sucção aspira o leite que alimenta. Mas ela também faz mais do que isso: ela fecha a boca sobre o corpo do outro. Ela estabelece ou reestabelece um contato por meio do qual ela inverte os papéis: a criança que foi contida contém, por sua vez, o corpo que a continha. Mas ela não o encerra em si, muito pelo contrário; ela o mantém à sua frente simultaneamente. O movimento dos lábios que chupam não cessa de retomar a alternância de proximidade e de distanciamento, de penetração e de saída que orientou a descida desde o ventre até a saída do corpo, desse corpo novo finalmente prestes a se separar.

Ao se separar, ela conquista essa nova possibilidade da qual ela só conhecia um esboço: a possibilidade de relação e de contato. O contato era essencialmente auditivo, e a própria audição era difratada segundo todo o prisma do pequeno corpo imerso em um ressonador líquido no qual o outro corpo o envolve. O som desse corpo, de seu coração, de suas entranhas, e os sons do mundo exterior tocavam, ao mesmo tempo, suas orelhas, seus olhos fechados, suas narinas, seus lábios e toda sua pele imersa. "Tocar", entretanto, seria dizer demais. Todas as possibilidades de sensação ainda eram diluídas em um sentido indistinto, em uma troca permanente, quase permeável, entre o exterior e o interior, assim como entre os diferentes acessos do corpo. Tocar seria dizer demais e, no entanto, já era disso que se tratava: é o primeiro *rühren*, a primeira onda, e a ondulação em que se embala o que ainda não nasceu.

Ao nascer, ela vai se separar. Mas continuará sendo aquilo, aquela ou aquele que flutua no centro de um elemento, de um mundo em que tudo se relaciona com tudo, tudo tende em direção a tudo e tudo se distancia de tudo — mas agora segundo as múltiplas escansões de todos os dentro/fora dos corpos separados.

Só um corpo separado pode tocar. Só ele pode separar totalmente seu tocar de seus outros sentidos, ou seja, constituir em um sentido autônomo isso que, no entanto, atravessa todos os sentidos como se se diferenciasse neles ao se distinguir ele próprio como um tipo de razão comum: de razão ou de paixão, de pulsão, de moção.

Ele se desprende de onde estava em imersão, ondulação e totalmente recoberto na relativa indistinção de seu fora e de seu dentro, tendenciosamente confundido no balanço comum entre os dois corpos e onde ele chupava seu próprio dedo, e, uma vez do lado de fora, ele também se encontra diante desse lado de fora. Ou seja, ele não está mais no interior do lado de dentro e na imanência. No sentido mais apropriado do termo, ele transcende: ele passa para além do ser em si.

Sua mobilidade deixa a suspensão, o peso quase inexistente e a indiferença viscosa das direções. Ela se torna verdadeiro movimento de acordo com o distanciamento dos outros corpos. Longe de tentar retornar à imanência e à imersão, seus gestos, ao contrário, afirmam sua distinção, uma separação que não é privação nem amputação de algo. Ela é abertura da relação. A relação não pretende restaurar uma indistinção: ela celebra a distinção, ela anuncia o encontro, ou seja, o contato, precisamente.

Na verdade, o contato se inicia quando a criança começa a ocupar quase todo o espaço em que flutuava. Ela toca as paredes e seu movimento passa a ser o movimento da lenta inversão que a prepara para sair, para se deixar empurrar de dentro e ansiar pelo exterior — ou seja, agora, decididamente, casando a ordem de um dentro/fora. Ao tocar os limites do vaso e do útero, ela também se assemelha a uma outra parede e a uma onda prestes a se formar e a escorrer entre os lábios que vão se abrir para ela. Esse escorregar dá sua forma derradeira à passagem da ondulação ao atrito, da imanência à transcendência, e, ao abrir a vulva, ele abre também todas as distâncias ocasionadas por sua separação e por meio das quais o contato se tornará propriamente possível, ele mesmo distância e aderência, íntima extimidade.

***

O contato não anula a separação, muito pelo contrário. Todas as lógicas — metafísicas ou psicológicas — que apresentam a atração essencial de uma suposta unidade perdida e a necessidade de se resolver com a obrigação da separação — da seção, da sexuação, da pluralidade dos sentidos, das posturas, dos aspectos — são lógicas de uma espécie de monoteísmo ou de mórbido monoideísmo. São patológicas, mas não são lógicas do *pathos* nem da *dunamis tou pathein*, que é o poder de receber, a capacidade de ser afetado. Ora, antes de tudo, a afeição é paixão e movimento da paixão, de uma paixão cuja natureza também é "tocar": ser tocada; tocar, por sua vez; tocar-se com o toque que vem de fora, daquela que me toca e daquela pela qual eu toco.

Ser afetado não quer dizer que certo sujeito, em determinada circunstância, receba uma afeição. Como ele poderia receber se não fosse capaz disso? Mas até essa capacidade deve ser uma capacidade no sentido mais apropriado do termo: poder de receber. Poder receber já implica receber, ser afetável. Ser afetado exige que o tenha sido, que sempre o tenha sido. É por isso que sempre houve o exterior e sempre, também, uma abertura para ele. Sempre existiu uma abertura para o exterior. Um tal desejo pelo exterior que só poderia ter sido precedido pelo exterior, sem o qual ele não poderia desejá-lo. O sujeito não é anterior nem exterior ao fora, ele é — se ao menos se quiser falar de sujeito — muito mais, como se pode dizer em francês, *sujet au dehors* [sujeito ao exterior]: sujeito ao outro, sujeito ao toque do outro. Isso que se inicia como uma ondulação e se torna atrito nesse vaso que é o âmnio onde se banha o homúnculo é exatamente esse toque do exterior.

Quando esse vaso deixa vazar seu conteúdo, a água se espalha e surge o pequeno, pululante. Todo seu corpo — pela primeira vez inteiro e liberto — traz a marca úmida que passa a ser sua pele, que se funde no projeto de sua pele, mas que faz com que essa pele seja sempre capaz de receber do exterior, de ser banhada e balançada, embalada pelas ondas do exterior.

Assim, o tocar é, a princípio e para sempre, esse embalo, essa ondulação e esse atrito que a sucção repete, relançando e retomando o desejo de se sentir tocado e tocante, o desejo de se experimentar em contato com o fora. E até mesmo mais do que "em contato", mas ele próprio o contato. Ou seja, também aberto ao exterior, aberto por todos os seus orifícios, minhas orelhas, meus olhos, minha boca, minhas narinas — e, claro, tanto esses canais de ingestão e digestão, quanto os de meus humores, de meus suores e de meus líquidos sexuais. Mas a pele, no entanto, esforça-se em estender em torno dessas aberturas, dessas entradas-e-saídas, um revestimento que ao mesmo tempo em que os situa e os determina, desenvolve para si essa capacidade de ser afetada e de desejar sê-lo. Cada sentido especifica a afeição segundo um regime distinto — ver, ouvir, farejar, experimentar —, mas a pele não cessa de unir esses regimes entre si, sem, contudo, confundi-los. A própria pele que reveste não passa de desenvolvimento e realização, exposição completa de toda a circunscrição do corpo (de toda sua separação). Pode-se dizer *ex-peau--sition*, brincando com o francês. Em alemão, seria possível dizer *Aus-sein/Faut-sein*.

Mas, em qualquer língua, o importante é que a exposição, o *Ausstellen*, que é o corpo e seu *Ausdehnen* (*Psyche ist ausgedehnt*, escreve Freud), não consiste em uma exibição fixa, como se estivesse no cimácio de uma galeria de pintura. Muito pelo contrário, essa exposição só pode ser compreendida como um movimento permanente, como uma ondulação, um desdobramento e um redobramento, uma postura sempre cambiante a partir do contato com todos os outros corpos — ou seja, em contato com tudo que se aproxima e com tudo do que se aproxima.

Como se sabe desde Aristóteles, a identidade do sensível e do sentidor no sentir (que também é, então, um ser-sentido), também parecida com a identidade do pensável e do pensador no ato de pensar, implica, no ponto da sensação — visão, audição, olfato, paladar e contato —, um modo de compenetração de ambos no ato e como esse ato. O ato sensitivo, ou seja, de acordo com o conceito aristotélico do ato — *l'energeia* —, forma a afetividade atual, sendo o acontecimento produzido pela sensação. A alma que sente também é sensível e, por isso, sente-se sentindo. Ora, em lugar algum se pode ser mais claro — ou mais sensível — do que no tocar: nem o olho, nem a orelha nem o nariz nem a boca são capazes de sentirem a si mesmos com a intensidade e a precisão da pele. A imagem, o som, o odor e o gosto continuam, de certa forma, distintos do órgão que sente, ainda que eles o ocupem integralmente. Sem dúvida, o mesmo acontece com o tocar a partir do momento em que sou eu a substância tocada (se eu pensar "esse tecido é áspero", "essa pele tem um frescor"). Mas pode-se dizer, mesmo que na verdade seja impossível determinar esse tipo de coisa, que a representação é menos imediata no tocar. Nos outros sentidos, ela se anuncia mais rapidamente, mesmo que de modo diferente, dependendo do caso (a imagem é contemporânea da sua visão; a melodia ou o timbre também o são, mas um pouco menos, da audição; o sabor, ainda menos do paladar; e o odor é ainda mais distante do olfato, a ponto de ser da ordem do tocar).[1]

Ora, essa identidade do tocador e do tocado só pode ser compreendida como a identidade de um movimento, de uma moção e de uma emoção. Exatamente porque ela não é a identidade de uma representação e de seu representado. A pele fresca à qual me refiro não é, a princípio, isso — "uma pela fresca" — no ato de minha mão que a toca. Mas ela "é" meu gesto, ela é minha mão e minha mão passa por ela porque minha mão é seu contato ou sua carícia (na verdade, nenhum contato com uma pele — salvo um contato médico — está isento de uma carícia em potencial). A moção e a emoção — que também são

---

[1] É impossível, para mim, deter-me no âmbito dessa conferência, mas será preciso afinar a análise diferenciada dos sentidos. Todos participam do tocar, uma vez que todos portam a possibilidade da identidade da pessoa que sente e da que é sentida. Mas cada um modula à sua maneira essa identidade, e a diferença das modulações é inerente à sensibilidade, que não pode ser uma e geral. Se ela o fosse, ela teria apenas um "sensível" abstrato, um conceito de sensível. Mas em cada regime ela faz valer, simultaneamente, uma sensibilidade (visual, auditiva etc.) *e* a pluralidade das sensibilidades, ou seja, o fato de que elas remetem umas às outras de forma diferenciada e inesgotável. Também se poderia atravessá-las todas sob o modelo do tocar e diferenciá-las todas relacionando-as a uma ou a outra dentre elas. Ora, e para não me estender ainda mais, o gosto e o odor realizam de outra forma a relação dentro/fora: para eles existe absorção, assimilação, de um modo bem particular. E, além disso, o gosto concerne, sobretudo, a um sensível consistente, sólido ou líquido, e o odor a um sensível evanescente, gasoso, aéreo. Cada vez, a relação muda de acordo com o alcance e o movimento próprios do tocar. Sempre se trata de *toques* especiais, cuja evidência varia de um corpo a outro: fulano ou fulana "tem um nariz", como se diz em francês, do mesmo modo que um outro qualquer "tem uma orelha"... Esse "ter" é uma forma de tocar/ser tocado.

uma única coisa — envolvem o ato, a *energeia* sensitiva. E essa *energeia* não é nada mais do que a efetividade do contato, que é efetividade de uma *ida em direção* e de uma *recepção de*, ou seja, qualidade dupla que se permuta: vou ao encontro da pele que me acolhe, minha pele acolhe a chegada que é, para si, o acolhimento do outro. O ir--ao-encontro de um e de outro cruza-os em um ponto de quase-confusão. Esse ponto também não é imóvel: ele "só é ponto pela imagem, sua realidade é moção e emoção, movimento, tração e atração, ao mesmo tempo que é variação interrompida, flutuação". Ele é, concomitantemente, vibração, palpitação de um contra o outro, balanço de um em direção ao outro e, por isso, "identidade" que não se identifica tão bem quanto assemelha um e outro e partilha suas presenças em uma mesma ida.

É esse o *rühren* do tocar. Movimento líquido de um ritmo, de uma onda, ressaca da *ex*-istência que é "estar fora", porque o "fora" é a inflexão, a curvatura e a escansão dessa flutuação e fricção segundo as quais meu corpo se banha entre os corpos, e minha pele ao longo de outras peles.

O movimento do tocar não é, então, o que se costuma chamar por outro termo — *tasten*, em alemão, *tâter* [tatear], em francês (também é possível dizer *palper* [apalpar]) —, que poderia parecer mais apropriado. *Tâter*, na verdade, é um comportamento cognitivo, não afetivo. Tateamos para reconhecer ou para apreciar uma superfície, uma consistência, para avaliar uma densidade, uma leveza. Mas dessa forma não acariciamos. O tocar acaricia, ele é essencialmente carícia, ou seja, ele é desejo e prazer de aproximar ao máximo uma pele — humana, animal, têxtil, mineral etc. — e de empregar essa proximidade (ou seja, essa aproximação superlativa, extrema) de forma que as peles se relacionem umas com as outras.

Esse jogo retoma o ritmo que, essencial e originariamente, é o jogo do dentro/fora — talvez o único jogo possível, uma vez que todos os jogos consistem em pegar e em deixar os lugares, em abrir distâncias, em ocupar e esvaziar lugares, compartimentos, termos. O tocar é movimento nisso em que ele é rítmico, e não no que seria procedimento ou método de exploração. A "aproximação", aqui, não equivale à vinda aos arredores, e o "contato" não equivale à determinação de uma troca (signos, sinais, informações, objetos, serviços). A aproximação equivale ao movimento superlativo da proximidade que nunca irá se anular em uma identidade, já que "o mais próximo", para continuar sendo o que é, deve continuar distante, infinitamente distante. O contato equivale à agitação — também ela superlativo, extremo — da sensibilidade, ou seja, dessa mesma sensibilidade que tem a capacidade de receber, de ser tocada. (*Rühren* pode ter o sentido de tocar um instrumento, assim como outrora se dizia em francês *toucher le piano* [tocar o piano]: sempre despertar, agitar, animar.)

***

Esse jogo e ritmo do tato são o *rühren* de um desejo. Talvez sejam o próprio desejo, pois existe um desejo que não deseja tocar, caso tocar dê o próprio prazer do desejo, o prazer do desejo orientado para a proximidade da relação, já que a relação não é mais do que a prática da partilha de um dentro e de um fora.

Outrora, o primeiro e o mais difundido dos sentidos de *ruhr* foi o do gozo amoroso e sexual. O movimento rítmico e o transbordamento, o extravasamento que não é apenas de licores, mas de corpos inteiros que se dissipam uns contra os outros, uns nos outros e uns com os outros, separando-se para se retomarem e se colocarem novamente juntos na sucessão de ondas que eles se tornaram um pelo outro, não pertencem a nenhum processo de ação, nem de cognição (não falamos aqui dessa finalidade que é a propagação — que abre outro corpo; pois gozar não tem nenhuma finalidade, ou não tem outro fim senão aquele que o eleva sobre si mesmo no transbordamento que o esgota e o abre para além de si mesmo).

Compreende-se que o tocar é considerado o maior dos tabus. Freud observa isso, assim como toda a etnologia e a antropologia. Conhecemos muito bem a importância desse tabu em nossa própria cultura: se ela nada tem de ostensivamente sagrado, ela não vigia menos, com um cuidado possessivo, todas as condições, as permissões e as modalidades do contato dos corpos. Sabemos muito bem que não é permitido tocar além da mão do outro, isso para não falar do resto de seu corpo, nem de até onde e como se pode beijar, abraçar, acariciar.

Sabemos, por meio de uma ciência muito exata, a que ponto o tocar se relaciona com o ser — e como, por consequência, o ser é estritamente indissociável da relação. Não existe absolutamente "o ser" e depois a relação. Existe o "ser", o verbo cujo ato e cuja transitividade se formam em relação(ões), e somente dessa maneira. O "eu sou" de Descartes não transgride essa necessidade, não mais do que o "Eu" de Kant, o de Fichte, de Husserl, ou o "*Jemein*" de Heidegger. Cada "eu" existe e não passa de um ato de sua relação dirigida ao mundo — dirigida ao que se costuma chamar de "o outro" e cuja alteridade se revela no toque ou como toque.

Ora, o toque — que não por acaso emprestou seu nome a um tipo de intervenção divina na alma —, enquanto moção e emoção do outro, consiste, simultaneamente, na ponta de um contato e na recepção ou aceitação de sua pressão e de sua espera. Ele roça e coça, atravessa ou apreende, indiscernivelmente e em uma vibração em que ele logo se retira. Ele mesmo é seu traço, ou seja, ele se apaga enquanto marca, impressão pontual ao propagar seus efeitos de moção e de emoção.

São João da Cruz fala de "toques de união que servem para unir passivamente a alma a Deus" e especifica que "nada é mais apropriado para dissipar esses delicados conhecimentos do que a intervenção do espírito natural. Como se trata de uma saborosa inteligência sobrenatural, é inútil tentar compreendê-la efetivamente, isso é impossível. A compreensão só precisa aceitá-la". Não "compreender ativamente" é compreender passivamente, é experimentar um sabor, é sentir um toque. A mística não possui o monopólio dessa questão metafórica — se ela pelo menos for uma. O "toque" de um pintor, o "toque" de um pianista (e os "toques" do pião, e, por que não, o do teclado de um computador), o "toque" que se pode acrescentar ("de fantasia", "de melancolia" etc.) a um cenário ou a um texto como o "toque" erótico[2] dividindo a mesma qualidade simultaneamente pontual e vibratória.

Ora, não se trata nunca de uma metáfora, mas de uma realidade sensível, material e, então, vibratória. Quando uma alma estremece, ela estremece bela e lindamente,

---

[2] Em francês, "touche moi" [toque-me], "tu te touches" [você se toca], tomadas ao pé da letra, são proposições eróticas.

assim como se pode dizer de uma água em grande agitação. O que se costuma chamar de "alma" também não é nada senão o despertar e a recepção — os dois juntos — da moção/emoção. A alma é o corpo tocado, vibrante, receptivo e reativo. Sua resposta é a partilha do toque, seu lançamento em sua direção. Ele se suspende, como diz o termo alemão *Aufruhr*, que designa, como já dito, uma suspensão sociopolítica. De fato, existe insurreição — e às vezes ereção — na moção do tocar. Um corpo insurge contra seu próprio encerramento, contra seu fechamento em si, contra sua entropia. Ele insurge contra sua morte. Não é impossível, talvez, que o próprio toque da morte provoque uma última insurreição, ao mesmo tempo dilacerante e abandonada.

Que se trate da chegada de um outro, ou da alteração absoluta da morte, é o corpo que se abre e que se alastra para o exterior. É seu ato puro: do mesmo modo que o Primeiro Motor de Aristóteles é pura *energeia*, na qual não resta nenhum "poder" (*dunamis*), ou seja, nada a esperar, nada que possa vir de fora, assim como quando sou *tocado* não tenho nada a esperar: o toque é tudo em ato, em seu próprio ato móvel, vibratório e repentino. E assim como para o deus de Aristóteles, esse ato é acompanhado pelo próprio excesso que é o gozo, o prazer que é a flor ou o esplendor do ato — sol ou escuridão, sempre um abismo na direção do qual emana ou se dissemina a *ruhr* do *berühren*.

Wien, Tanzquartier, 2010
Tradução de Marcela Vieira

SOBRE A DESTRUIÇÃO

I

A técnica suplementa a natureza. Ela surge como suplente exatamente onde a natureza não garante certos fins (como a casa, a cama), e, como suplente, ela se alia a seus fins e a seus meios. É esse duplo valor que Derrida inscreve na "lógica do suplemento", e pode-se dizer que essa própria lógica não tem outra proveniência, ou outra instância portadora, além dessa relação precisa entre técnica e natureza. O suplente, nesse conceito duplo, sempre ressalta a técnica, o artifício ou a arte, sendo essas três palavras, então, quase sinônimas.

Para que isso ocorra, duas condições são necessárias: primeiro, a natureza deve apresentar certas falhas características (desse modo, ela poderá oferecer abrigos, e não casas); em seguida, a técnica deve poder se implantar na natureza (utilizar seus materiais, suas forças). Acontece assim: pelo menos os animais de espécies ou variedades de *homo* manifestam necessidades que a natureza não pode satisfazer (habitar, aquecer-se), e, por outro lado, as técnicas inventadas pelo *homo* ganham, na natureza, seus recursos operatórios (pedras cortantes, fogo). Talvez o fogo represente o ponto simbólico da junção em que se opera o suplemento: ele pode ser aceso em uma tempestade, em uma erupção de vulcão, em uma combustão espontânea do gás, e ele é, como se costuma dizer, a "invenção" mais importante dos primeiros homens, uma vez que não foi a combustão que eles inventaram, mas a conservação e a produção "técnica" da combustão. O que vale para o fogo vale para a eletricidade, para os semicondutores, para as fibras óticas, para a energia disponível nas fissões ou nas fusões atômicas. A natureza sempre tem e oferece a matéria-prima da técnica, ao passo que a técnica altera, transforma e converte os recursos naturais para seus próprios fins.

Essa consideração muito simples tem uma consequência importante: a técnica não surge fora da natureza. Ela tem seu lugar nela, ou melhor, se a natureza for definida como aquela que cumpre em si mesma seus fins, então também a técnica deve ser entendida como um fim da natureza, uma vez que é dela que nasce o animal apto à técnica, ou com necessidade dela.

A técnica, por sua vez, conhece seu próprio desenvolvimento: ela não mais responde apenas a insuficiências naturais, mas produz suas próprias expectativas e procura responder a perguntas que surgem de si mesma. É isso o que acontece a partir do momento em que se inventou a seleção de plantas e de rebanhos, ao se construir uma ordem própria, relativamente autônoma, que se propaga a partir de suas possibilidades particulares de expectativas e de novas demandas. Não se trata apenas do agenciamento de materiais e forças (o que se costuma chamar de "máquinas simples", alavanca, moinho), mas de elaborar lógicas estruturadas a partir de um dado, também ele produzido com o objetivo de um novo fim: por exemplo, o poder do vapor, que acompanha o poder do gás e do petróleo, da eletricidade, do átomo, e, em seguida, o da cibernética e o da computação digital (dados imateriais que, simultaneamente, pressupõem e dão origem a tratamentos e agenciamentos de matérias como o silício, o deutério).

O que orienta profundamente esse desenvolvimento não é "a máquina", como normalmente se costuma acreditar. A máquina não surge de um lugar qualquer. Ela própria é maquinada, ou seja, é concebida, elaborada, estruturada a partir de fins propostos. Não são certas anedotas sobre as invenções consequentes de um acaso (a observação do vapor empurrando a tampa de uma marmita) que podem encobrir o fato de que o processo da invenção técnica é um processo próprio de propagação de objetivos e de pesquisas orientadas por esse objetivo. Procura-se ir mais rápido, mais longe, atravessar os oceanos, produzir em maior quantidade, alcançar o inimigo distante, etc. Procura-se também, e concomitantemente, transportar mais mercadorias, e, para isso, empreender investimentos e proteger seus riscos: as técnicas financeiras equivalem-se às técnicas marítimas em um desdobramento que supõe, aliás, empreendedores independentes e concorrentes, ou seja, toda uma técnica sociopolítica e jurídica que estrutura o espaço inteiro da vida comum.

Desse modo, "a" técnica não tem nada de limitado a respeito das técnicas, sobretudo no sentido em que hoje se fala de "tecnologias". A técnica é uma estruturação de fins — um pensamento, uma cultura, uma civilização, como se preferir chamar — da indefinida construção de um complexo de fins cada vez mais ramificados, entrelaçados e combinados, mas, principalmente, de fins que se caracterizam pela constante repropagação de suas próprias construções. Ela é a transmissão sem suporte tangível do som, da imagem, da informação, e cria novos agenciamentos tanto de aparelhos quanto de modos de vida; ela é a possibilidade de ação sobre certas doenças, ou, então, sobre a fecundação, ou sobre a duração da vida por meio de intervenções e de substâncias inventadas para esses fins.

A essa altura, os fins e os meios não cessam de trocar de papéis. A técnica propaga um regime comum de invenção de fins que, também eles, são pensamentos na perspectiva de meios (como vencer a esterilidade? como transmitir uma imagem animada?), e, consequentemente, de meios que valem por si mesmos como fins (é bom viver mais tempo, é bom que o dinheiro traga mais dinheiro). É também por esse motivo que as técnicas das artes — ou seja, as técnicas enquanto "artes", ou prazeres dos fins em si, de formas que tenham seus próprios valores — podem se tornar, ao mesmo tempo, uma referência obrigatória de toda relação com os fins (tudo deve ser disposto em imagem, em som, em ritmo; tudo deve ser hipostasiado em demonstrações: os corpos, os produtos, os lugares), e a competência privilegiada de se questionar a finalidade (por que a arte? e para quê?), que, por sua vez, torna-se suspeita de identidade (o que é a arte? a serviço de quem ela opera?).

Assim, construção e desconstrução se entrepertencem estreitamente. O que se constrói segundo uma lógica de fins e de modos se desconstrói diante do contato da extrema margem em que os fins se revelam sem fins, e os meios, por sua vez, revelam-se fins temporários, de onde novas possibilidades de construção são geradas. O automóvel deu origem à estrada, que gerou novas formas e novas regras de deslocamento. O automóvel também defronta a cidade com a obrigação de reinventar ao mesmo tempo seus meios de transporte (trem etc.), e, de certo modo, suas próprias finalidades de "cidade". A câmera e a montagem digital estão desconstruindo e reconstruindo não apenas a paisagem formal do cinema, mas o significado e os desafios de sua arte (o mesmo acontece com o tratamento eletrônico do som).

II

O maior desafio desse processo é o do sentido: exatamente aonde estamos habituados a levar o sentido a uma perspectiva extrema, a um fim (seja ele da história, da sabedoria ou da salvação), descobrimos que os fins se proliferam e ao mesmo tempo se transformam, incessantemente, em meios. Sendo assim, seria possível afirmar que a técnica e o niilismo formam um par: lá onde até agora se costumava representar mais uma destituição de fins (valores, ideais, sentidos), apresenta-se então sua multiplicação indefinida e também sua equivalência e substituibilidade.

Mas é exatamente aí que a técnica dissemina sua lição: por meio dela, a natureza de onde ela surgiu revela imediatamente que ela própria é desprovida de fim. Sabíamos disso, e dizíamos que "a rosa não tem porquês/ floresce porque floresce". Mas esse "sem porquês" insistia em abrir uma relação mais ou menos surda, mais ou menos latente, com um reino escondido da gratuidade, no qual acreditávamos estar preparados para reconhecer uma glória pura do ser (a partir do momento em que não tínhamos mais necessidade de instalar uma bondade divina).

A técnica nos ensina a nos livrarmos de tais glórias e de tais reinos escondidos. Trata-se de um desafio não apenas para nossas tendências metafísicas, teológicas e espirituais, mas também para nossas inclinações poéticas. Trata-se, por um lado, de uma avaliação de todas as nossas elevações, sublimidades, impulsos e disposições que estão submetidos a uma grandeza e, por conseguinte, a algo que não se encontra na medida medíocre da vida submissa a uma necessidade, ou a uma exigência sem justificativa qualquer. E se esse requisito, a simples necessidade de viver, não for justificado, ele se transforma em uma servidão por meio da qual nos provamos escravos da técnica e do que vem a ser seu corolário manifesto: o capitalismo enquanto produção infinita do valor produzível, permutável e suscetível a um crescimento exponencial. O valor, como valor monetário, de certa forma representa a natureza inversa: aquilo que cresce a partir de si mesmo, mas cujo desabrochar se confunde com o crescimento indefinido, sem floração ou fruto. Não é por acaso que "frutificação" é um termo empregado para se falar da rentabilidade do investimento, inclusive do investimento puramente financeiro (forma pura, em suma, da valorização de si e da troca sem referência fora de si mesma).

O capitalismo constitui a exposição a favor da infinita proliferação de fins e de sentidos a que fomos apresentados pela técnica. Tal exposição estabelece o fim, o sentido e o valor, assim como o próprio procedimento de um aumento sem fim (falamos de "crescimento"). É desse procedimento que se poderia esperar, como fazia Marx, uma passagem ao limite e um retorno por meio do qual o crescimento atingiria um estado em que seus frutos estariam disponíveis para todos, sem exigir distorções entre as condições de sua produção e de seu valor efetivo (seu sabor, seu valor, seu sentido não permutável). Uma tal espera supunha algo como uma natureza que poderia reaparecer para reivindicar seus direitos. Uma *phusis* realizaria, por meio da técnica como crescimento — indicando que toda técnica é crescimento —, a floração e a frutificação de um valor ou de um sentido independente de qualquer medida, de qualquer equivalência e de qualquer possibilidade de subtração ou de acumulação.

Ora, não é uma *phusis* que se revela aos nossos olhos. Diríamos que é o contrário, e estamos prestes a chamar esse contrário de "técnica". Mas, como eu havia dito, se a técnica é a propagação da natureza, seu contrário não pode se encontrar aí — ou então devemos saber pensar em um próprio retorno da natureza a esse contrário: mas isso não seria reorientar uma dialética da qual inevitavelmente esperaríamos uma segunda natureza?

Então é preciso pensar de outro modo. Se a "técnica" dá o sentido da "natureza" a partir da qual ela se constrói e que ao mesmo tempo ela destrói, isso quer dizer que não se pode mais falar de "natureza", nem, consequentemente, de "técnica". A oposição entre *phusis* e *tekhné* à qual Aristóteles consagrou vários séculos de maturação, complicando-a de modo decisivo pela torsão que apresenta o que Derrida mais tarde chamou de "suplemento", e o que Heidegger havia designado como "a última emissão do ser" — em todos os casos, o fato de que a "técnica", acrescentando à "natureza" e apresentando fins que ela ignora, constrói, na verdade, a própria ideia dessa "natureza": sua imanência, sua autofinalidade, sua lei de desdobramento. Mas é ela também que destrói e desconstrói essa ideia e, com ela, toda uma estrutura de representação que antes organizava o pensamento ocidental.

É notável que o tema da destruição venha pontuar a guinada da modernidade: a princípio, na obra de Baudelaire, para quem "a Destruição", no poema homônimo, concentra todo o desejo "infame" e "demoníaco" que o destrói do mesmo modo como ele destrói (em "Recolhimento") "a multidão abjeta", e, como bem se sabe, na obra de Mallarmé, em que a destruição "foi a Beatriz".[1] Também podemos nos lembrar de Rimbaud: "Pode alguém se extasiar na destruição, rejuvenescer pela crueldade!".[2]

(Antes da guinada da modernidade a seus sintomas, o tema da *ruína* já havia ocupado um lugar ambivalente ao exibir o charme melancólico das construções desfeitas, os monumentos de suas próprias perdas.)

III

Existe, então, como que uma hipertrofia da construção: menos a edificação, a elevação de prédios dos quais o templo, o palácio e o túmulo formavam o triplo paradigma, e mais a montagem, o agenciamento e a composição de forças das quais a "obra de arte" praticamente estabelece o conceito (ponte, píer, forte, saguão etc.). A obra de arte solicita mais o engenheiro do que o criador, mais o construtor do que o fundador (e, aliás, também se *constroem*

---

[1] "[...] criei minha obra somente por eliminação, e toda verdade adquirida nascia apenas da perda de uma impressão que, uma vez acesa, havia se consumado e me permitia, graças às suas obscuras desobstruções, avançar mais profundamente na sensação das Obscuras Desobstruções. A Destruição foi minha Beatriz. [...] a via pecadora e apressada, satânica e fácil da Destruição de mim, produzindo não a força, mas uma sensibilidade [...]" (carta a Eugène Lefébure de 27 de maio de 1867).

[2] Em *Conto* — e também devemos nos lembrar de Dostoiévski: "O homem serve para construir, isso é certo: mas por que ele gosta tanto de destruir? Não seria porque tem um horror instintivo para atingir o objetivo de concluir suas construções?" (*L'Esprit souterrain* [*Memórias do subsolo*], trad. E. Halpérine e Ch. Morice, Paris: Plon, 1886, p. 172).

estradas, embarcações, silos, reservatórios, máquinas). A construção passa a ser dominante, enquanto a edificação, por um lado, e a confecção, por outro, industrializam-se e engenharizam-se, ou seja, realizam a construção de esquemas operatórios, dinâmicos, energéticos, respondendo a fins que, por sua vez, também são inventados e construídos de acordo com objetivos predefinidos (potência de produção, velocidade, resistência, reprodutibilidade etc.).

O paradigma construtivo que se propaga com a urbanização, os modos de transporte e de exploração, e a mobilização de energias não manifestas (carvão, gás, petróleo, eletricidade, magnetismo, computação digital etc.) — paradigma que torna os fins e os meios cada vez mais consubstanciais — provoca uma reação de destruição. Trata-se menos de arruinar e demolir do que de se desvincular do que poderia ser chamado de "construtivismo" (modificando um termo cuja aparição, no início do século XX, não é, no entanto, insignificante). A *Destruktion* heideggeriana da ontologia, que se distingue totalmente da demolição (*Zerstörung*), é, nesse sentido, "destruição" (Granel e Derrida traduziram por "desconstrução"). Ela provoca, de certo modo, uma interrupção filosófica às Destruições existenciais e estéticas de Baudelaire e de Mallarmé. Trata-se da realização da construção como tal (do mesmo modo que "instrução" como organização do conhecimento): seria possível demonstrar isso pelo caráter recente dos valores escolares do termo "instrução" (a "instrução pública" data da Revolução Francesa, e a "instrução religiosa" não é mais antiga do que ela).

O que a destruição apresenta? Seria ela talvez o próprio movimento da construção moderna? Não se trata de "*re*-construir" (ao contrário da pergunta que sempre é feita aos "desconstrucionistas": vocês irão acabar reconstruindo?). Também não se trata de voltar aos gestos fundadores, construtores, constituintes ou instauradores, mesmo se for o caso de abrir e de inaugurar, de deixar nascer o sentido. O que está em jogo para além da construção e da desconstrução é a *strução* enquanto tal.[3]

Struo significa "juntar", "amontoar". Na verdade, não é a ordenança, nem a organização, que implicam a *con-* e a *in-*strução. É o amontoado, o conjunto não organizado. É também contiguidade e copresença, certamente, mas sem princípio de coordenação.

Ao falar em "natureza", suporíamos, ou melhor, sobreporíamos, uma coordenação própria e imanente à profusão dos seres (uma construção espontânea ou então divina). Com a "técnica", suporíamos uma coordenação regrada ou regulada por fins orientados a partir do "homem" (suas necessidades, suas capacidades, suas expectativas). Ao retroceder, se se pode dizer isso, sobre a "natureza" de onde ela provém ou surge (não podemos decidir entre esses dois conceitos...), a "técnica" macula as duas possibilidades de coordenação. Ela convida a considerar uma *strução*: a simultaneidade não coordenada das coisas ou dos seres, a contingência de seus copertencimentos, a dispersão das profusões de aspectos, de espécies, de forças, de formas, de tensões e de intenções (instintos, pulsões, projetos, impulsos). Nessa profusão, nenhuma ordem se sobressai em relação aos outros: todos — instintos, reações, irritabilidades, conectividades, equilíbrios, catálises, metabolismos — parecem estar destinados a serem considerados juntos, a se dissolverem ou a se confundirem uns nos outros.

---

[3] Acontece que a *strução* também é um conceito da teoria dos gráficos, que não nos serve aqui.

Enquanto o paradigma tinha sido arquitetural, e também, consequentemente, de forma mais metafísica, arquitetônica, ele a princípio se tornou estrutural — composição, certamente, junção, mas sem finalidade construtora —, e, depois, *strucional*, ou seja, relativo a um agrupamento muito mais lábil, desordenado, afiliado ou amalgamado do que conjunto, reunido, organizado ou associado.

De fato, trata-se, em geral, de uma "sociação" que se encontra junto com a *strução*. Seria possível a existência de uma associação, de uma sociedade — se o *socius* for o que "vai junto", o que "acompanha" e se, consequentemente, ele empreender um valor ativo e positivo de "com", do *cum*, em torno do qual ou pelo qual se pratica algo de uma partilha? Aqui, o que chamo de *"strução"* seria o estado do "com" privado do valor de partilha, relacionando apenas a simples contiguidade com sua contingência. Isso seria, para retomar os termos que Heidegger pretende distinguir na apreensão do "com" (do *mit* na *Mitdasein* como constituição ontológica do existente), apenas um "com" categórico e não existencial: ou seja, a pura e simples justaposição que não faz sentido.

IV

Talvez seja a *strução* a lição da técnica — construção--destruição do conjunto do ser, sem mais distinção entre "natureza" e "arte" —, ao passo que ela nos instrui dessa instrução (a qual não compreendemos exatamente, e que nos parece mal instruída) segundo a qual o sentido, a partir de então, não mais se permite construir ou instruir. O que nos está dado consiste apenas na justaposição e na simultaneidade de uma copresença cujo *co-* não tem nenhum outro valor particular senão o valor de contiguidade ou de justaposição nos limites segundo os quais o próprio universo está dado. Ao mesmo tempo, esses limites só são dados sob reserva de impossibilidade de lhes atribuir, precisamente, um tipo de delimitação de um mundo em relação a um mundo-além ou a um mundo-posterior. Por um lado, o universo é visto tanto em processo de expansão quanto já finalizado; por outro, ele não pode nem mesmo ser chamado de "universo", mas apenas de "multiverso". Ou então, para pensar além do "universo", é claro que se deve deixar de compreender os mundos múltiplos como um (ou uns) outro(s) mundo(s). "Eles não são mais um alhures, mas modos de relação fora-de-si".[4]

A ideia de universo contém um esquema de construção, de arquitetura: uma base, uma fundação e uma substrução (palavra que também está presente na obra de Mallarmé!) sobre a estrutura da qual se eleva e se agencia a unitotalidade. Esta última se alicerça sobre sua própria suposição e dirige-se basicamente a si, ou seja, ela está em si (e, para o pensamento que se baseia nesse esquema, "ser" é ser "em-si"). Mas a copresença e a aparição desviam juntas o em-si e a construção: "ser" não é mais em-si, mas contiguidade, contato, tensão, torsão, cruzamento, agenciamento. Este, é claro, não acontece sem oferecer traços de "construção", entendida como mútuas disposições e distribuições dos multiversos que se entrepertencem, e não como (su)posição de um ser ou de um real essencial.[5] O real não se dissolve, absolutamente, em irrealidade, mas ele apresenta a realidade de sua insuposição. É isso o

---

[4] Auréliean Barrau, *Alguns elementos de física e de filosofia dos multiversos*. Disponível em: http://lpsc.in2p3.fr/ams/aurelien/aurelien/multivers_lpsc.pdf.
[5] Sobre essa questão, ver o uso da "construção" no trabalho supracitado.

que significa a dissolução da oposição *tekhné/phusis*, ou o que se costuma chamar de "a rainha da técnica".

É isso o que se produz em nossa história. Chegamos nesse ponto em que o arquitetônico e a arquitetura — vistos como as determinações de uma construção essencial, ou de essência enquanto construção — não têm mais valor. Eles se desgastaram por si próprios. Houve como que uma hipertrofia da construção: na verdade, menos da edificação, da elevação de prédios dos quais o templo, o palácio e o sepulcro formavam o triplo paradigma, e mais a montagem, o agenciamento e a composição de forças das quais a "obra de arte" quase estabelece o conceito (ponte, píer, forte, saguão etc.). A obra de arte solicita mais o engenheiro do que o criador, mais o construtor do que o fundador (e, aliás, também se *constroem* estradas, barcos, silos, caminhões, máquinas). A construção se torna dominante, ao passo que a edificação, por um lado, e a confecção, por outro, industrializam-se e engenharizam-se, ou seja, implementam construções de esquemas operatórios, dinâmicos, energéticos, respondendo a fins também inventados e construídos de acordo com objetivos definidos (potência de produção, velocidade, resistência, reprodutibilidade etc.).*

A acumulação apontada acima sobre os motivos da destruição daquele momento — por volta de 1900 —, que costuma ser considerado como "a" guinada do século, por excelência, aquela em que de fato algo se reverteu e oscilou — um edifício se agitou a ponto de se poder dizer, em todos os sentidos possíveis, que o edificante e o edificado passaram a oscilar —, enfim, essa acumulação testemunha um tipo de saturação e de ruptura do modelo da "construção". Isso significa que a construção carregou consigo o germe

* *Sic*, pp. 36-7. (N.E.)

da desconstrução. O que a princípio se apresentou como a extensão da junção e da montagem dos *instrumentos* — prolongamentos do corpo, simples máquinas —, e, depois, como a ampliação de um gesto de controle —administração e governo das energias (vapor, eletricidade, reações químicas) em vez do simples emprego das forças (águas correntes, ventos, gravidades) — revelou outra natureza: a da combinação, da interação e, depois, do *feedback*.

Na verdade, é toda uma *organicidade* ou uma quase--organicidade que foi assim distribuída. Em suma, o paradigma construtivo ultrapassa a si mesmo, ele se sobreconstrói em direção à autonomia orgânica.

V

Ou então, segundo outra perspectiva um pouco deslocada, foi a autonomia orgânica de nosso próprio comportamento que se estendeu para muito além não apenas de nosso corpo, mas até de nosso espírito, pedindo a este último para se exportar e se apresentar sob formas de "máquinas" muito autorreferenciais e cujas leis e esquemas de organização se consolidam em resposta a certos funcionamentos de nossos comportamentos. Aprendemos a manusear o computador, tanto no escritório quanto no carro, no trem, no avião, no barco, na pesquisa arqueológica e no registro de dados, na "criação" de sons e de imagens. Esse manuseio não supõe apenas uma nova perícia, mas também um espaço-tempo diferente, aliás, não homogêneo, não unitário, e nem "universal": encontramo-nos, a cada instante, ao mesmo tempo, na extensão de certos módulos praticados em todos os lugares (como os processamentos digitais, a utilização de sinais e de ícones), e na renovação de possibilidades inéditas, sem dúvida de caráter muito repetitivo (todos fazem as mesmas fotos dos mesmos movimentos etc.), mas cuja própria repetição faz com que uma nova realidade se incandesça. Não estamos mais em busca de um mundo que, de certa forma, continua desconhecido; vivemos o vertiginoso acúmulo de pedaços, partes, zonas, fragmentos, parcelas, partículas, elementos, traços, germes, núcleos, clusters, pontos, escansões, nós, arborescências, projeções, proliferações, dispersões pelas quais estamos mais do que nunca pegos, presos, absorvidos, e devolvidos por uma prodigiosa massa instável, movente, plástica e metamórfica, que faz com que se torne cada vez menos possível a distinção do "sujeito" e do "objeto", assim como a do "homem" e da "natureza" ou do "mundo".

De fato, talvez não estamos mais em um mundo nem "para o mundo". Trata-se do sentido mais avançado da diluição ou do desaparecimento do *cosmos*, ou da bela unidade composta segundo uma ordem superior que a comanda, e que ela reflete. Nosso "mundo" — ou nosso "elemento" — é sobretudo composto por peças e pedaços que todo o conjunto prolifera a partir de um mesmo tronco (o homem, o animal técnico da natureza, o apêndice construtor de um grande todo que se revela pouco construído, mas incrivelmente rico de virtualidades con-des-in-strutivas). As peças e as partes, os "elementos" nunca suficientemente elementares desse grande "elemento" no sentido de meio, esse ecossistema, que é uma *ecotecnia*, escapam o tempo todo, no entanto, da apreensão de uma construção qualquer. Seu agenciamento não se refere a uma construção primeira ou final, mas sobretudo a uma espécie de criação contínua em que se renova e se relança incessantemente a própria possibilidade do mundo — ou então da multiplicidade dos mundos.

Nesse sentido, a *strução* apresenta menos um passado e um futuro do que um presente, que todavia nunca se realiza em presença. Ela propõe uma temporalidade que, definitivamente, deixou de responder à diacronia linear. Existe nela algo de sincrônico, ou seja, menos um corte através da diacronia do que um modo de unidade das partes do tempo tradicional que é a própria unidade do presente enquanto ele *se apresenta*, enquanto ele chega, surge, aparece. A *aparição* é o tempo da *strução*: acontecimento cujo valor não é apenas o do imprevisto ou do inaugural — não apenas o valor de ruptura ou de regeneração da linha do tempo —, mas também o da passagem, da fugacidade misturada à eternidade.

Uma exterioridade do tempo no coração do tempo: exatamente o que todo nosso pensamento crônico pressentia com a fuga perpétua do instante presente. Mas a "fuga", aqui, não vale mais como desaparecimento, não mais do que o acontecimento como aparição. Do mesmo modo que, para a (des)(cons)trução, é solicitada a liberação do (des)(a)parecimento. A "parição", o aparecimento é o aparecer — mas não na manifestação do fenômeno, nem na semelhança da aparência. Como propunha o antigo emprego da palavra, "parecer" é vir em presença, se apresentar. Ou seja, vir para perto, para o lado. É sempre comparecer.

Na aparição, revela-se um deslocamento, uma curva do dispositivo fenomenológico. Trata-se menos da relação entre um objetivo e seu preenchimento do que uma correlação dos pareceres entre si. Trata-se menos de um sujeito e de um mundo do que os sinais do mundo em si e para si, da profusão desses sinais de forma a criar, assim, o que se pode chamar de sentido, sentido do mundo que não é nada além do que sua aparição: que exista mundo, e tudo o que existe no mundo, e não nada.

VI

Essa espécie de evidência bruta poderia parecer nos conduzir novamente a um ser emergente, infantil, rudimentar. Não teríamos mais nada a receber, a projetar ou a exprimir a não ser a mais rude das condições. Não poderíamos dar razão ao mundo, nem qualquer espécie de justiça diante do fato de sua existência. A técnica teria se despojado, ao mesmo tempo, de todo tipo de fim ou de bem supremo, e devolvido a razão proliferadora, exorbitante, e até mesmo delirante em sua própria autossuficiência, cancerígena, sob seu crescimento.

No entanto, ser devolvido ao estado de *strução* não significa necessariamente ter regressado nem ter degenerado. Pode existir um progresso na passagem para além dos processos de construção, de instrução e de destruição. A *strução* livra da obsessão que pretende pensar o real ou o ser de acordo com um esquema de construção, que se esgota, assim, na procura vã por um arquiteto ou por um mecânico do mundo.

A *strução* oferece uma *des*-ordem que não é nem o contrário, nem a ruína de uma ordem: ela se situa alhures, nisso que costumamos chamar de contingência, furtividade, dispersão, errância, e que também merece os substantivos surpresa, invenção, sorte, encontro, passagem. Trata-se, nada menos, do que a copresença, ou, melhor, do que a coaparição de tudo o que aparece, ou seja, do que é.

Na verdade, o que é não aparece ao sair de um ser em si. O ser é ele próprio aparecer, ele é exatamente isso. Nada precede nem segue o "fenômeno" que é o próprio ser. Este último não é, então, nada do ser, porque ele é o aparecimento do ser que só "é" ao aparecer e ao *com*-parecer. Ele não aparece para uma consciência ou para um sujeito: ele *com*-parece, tudo aparece junto e tudo aparece para tudo. Assim, deve-se dizer, além disso, que tudo *trans*-parece: tudo remete a tudo e tudo se mostra, então, por meio de tudo. Sem fim — e, mais especificamente, sem começo nem fim.

Seremos capazes de aprender a lógica — a ontologia, a mitologia, a ateologia, se for preciso encontrar nomes para isso — a partir desse simples e inextrincável coaparecimento? Ou seja, dessa *ecotécnica* que já se tornaram nossas ecologias e nossas economias, ou seja, nossos equilíbrios de meios e nossos controles de subsistência?

De certa forma, a técnica nos apresenta o tempo todo a dispersão, com frequência a contrariedade, e sempre a multiplicação indefinida de seus fins, que não são nem fins nem meios. Prolongamos a vida simplesmente por prolongá-la, geramos serviços para vidas então extensas, aprimoramos nossos conhecimentos bioquímicos, biomecânicos, de onde tiramos novas possibilidades para outros tipos de ajuda a outras vidas ameaçadas — e estamos cada vez mais distantes de saber pensar "a vida", não apenas a existência de um indivíduo qualquer, mas a vida do conjunto do que é vivo e, através dela, nada menos do que o ímpeto do mundo, se a "vida" propriamente dita — o que nós chamamos assim — também sair do movimento de agenciamentos, combinações, ações e reações disso que costumamos chamar de "matéria". Esta se afirma cada vez mais — graças às técnicas exploratórias sempre mais apuradas, mas, também elas, cada vez mais intrincadas em seus "objetos".[6]

No fim das contas, tudo o que havíamos chamado de "matéria", "vida", assim como "natureza", "deus", "história", "homem", precipita-se na mesma queda. A "morte de Deus" é exatamente a morte de todas essas substâncias-sujeitos. Assim como a primeira, essas mortes são muito extensas, intermináveis para nossa percepção e até mesmo para nossa imaginação. E, além disso, elas trazem em si potencialidades outrora insuspeitas sobre a morte prática e concreta dos seres vivos, dos homens — e, por que não? — do mundo. A cada passo da técnica, não apenas fim, meio ou divagação mostram-se indiscerníveis, mas também nocividade e benevolência se misturam, e isso se passa de tal forma que nem sempre se sabe o que deve, de fato, ser considerado bom ou nocivo (por exemplo: a rapidez de deslocamento, de transmissão, é "boa" ou "má"? de acordo com quais critérios?).

Quando ainda acreditamos ter certos princípios e regras de conduta — e, de fato, nós temos os mais elementares, como os "mínimos vitais" —, não podemos ser conduzidos

---

[6] É sabido — para continuar sendo simples — que um acelerador de partículas ou uma sonda espacial não são independentes de seus objetivos de exame, e vice-versa. Mas, na verdade, nós não estamos apenas no início disso: o emaranhamento ou a implicação do observador na realidade observada, enquanto ela não para de se amplificar e de se complexificar, tanto para as ciências ditas duras, quanto para aquelas que se dizem humanas, significa, na verdade, uma transformação progressiva do status da "ciência". Falar mesmo dessa "implicação" revela ainda uma adesão subentendida de um modelo de não implicação e de "objetividade". Aqui também, onde costumávamos pensar as técnicas como aplicações de certos resultados científicos, é a técnica que leva a ciência em direção a um estatuto e a conteúdos inéditos.

em direção às questões de seus fundamentos ou fins. Uma vida decente, sim, mas com que fim? E com que "decência"? Em que nível, além da estrita sobrevivência? Uma igualdade, sim, mas igualdade de quê, uma vez que se vai além do estrito mínimo do direito? Deve-se considerar todo homem como um fim, e não exclusivamente como um meio? Sim, mas em quê, de que modo é ele um "fim", e como, por onde se revelam todas as alavancas e agentes de sua redução ao estado de meio? (uma vez que eles são tão variados, econômicos, políticos, religiosos, ideológicos).

Ora, não podemos supor que todo agenciamento e toda transformação do mundo respondam, por trás de aparências tão problemáticas, e mesmo aporéticas, a um *intelligent design*. Essa ideia é a típica produção de uma ausência de pensamento sobre a técnica: ela leva em direção à origem da natureza *tekhné*, que terminou por produzir essa suposta natureza.

Pode-se perguntar, aliás, se a mutação ocidental, que ao mesmo tempo foi mutação técnica (ferro, moeda, alfabeto, direito) e religiosa (fim do sacrifício humano, fim dos impérios teocráticos), não abriu, simultaneamente, a dupla possibilidade de um deus concebido como idealizador e arquiteto do mundo, e de um deus compreendido no distanciamento e na não-presença. As outras cosmogonias possuem muito menos, ou praticamente nada, do caráter do plano e da construção, enquanto seus deuses estão presentes e ativos em um mundo em que, de certo modo, eles são literalmente a "natureza".

Em todo caso, trata-se da imagem de um deus arquiteto ou relojoeiro, construtor e técnico, que se destacou e se impôs em nossa cultura, demiurgo platônico aliado a uma força toda poderosa que governava a totalidade de um mundo cujo início e fim se passavam nitidamente fora dele, na potência e na glória do Construtor supremo. Com sua queda, esse Construtor precipitou o divino longínquo, pessoal e vivo de quem ele era o duplo. Assim, enquanto se tornava cada vez mais difícil a compreensão do plano técnico da construção de um mundo (essa foi a questão da teodiceia, da justificativa da obra divina), ficava cada vez mais difícil recorrer a uma "salvação" e a uma "graça" ou a um "amor" que, em última instância, viria suplantar a legitimação impossível.

Nem providência, nem promessa: seria possível dizer que é a situação de conjunto que a técnica revela. É claro que toda representação de um *intelligent design* é, então, fadada ao fracasso, já que a "inteligência" só representa a si mesma — ou seja, basicamente, à inteligência técnica ou tecnicizante.[7] Ela só pode pressupor sua própria produção. Mas então ela também está condenada a pressupor seus limites: porque se for um *designer* que concebeu e construiu (dá no mesmo) a matéria e a vida que levam à inteligência humana, por que esta não compreenderia nada do que ela faz, uma vez que seu próprio intelecto a obriga a renunciar às projeções de "fim", de "segunda natureza", de "natureza" própria, e de "homem racional" ou "homem total"?

Lá onde uma técnica (cerâmica, arquitetura, relojoaria...) pôde servir de modelo para o projeto inteligente de um Técnico primeiro, o modelo implicava o objetivo de um fim. Hoje, o próprio modelo — a "técnica" tendo sido comprovada como dimensão antropológica, cosmológica,

---

[7] Para os modernos, a inteligência tende a se confundir com a técnica. É por isso que a "inteligência artificial" (talvez um pleonasmo?...) parece ser tão fascinante. Ao contrário, quando se fala em "inteligência do coração", mostra-se claramente que se usa uma metáfora.

ontológica (e não mais como a ordem subordinada do que se costumava chamar de "artes mecânicas") —, o mesmo modelo manifesta, a partir de então, uma irrupção, ou mesmo uma pulverização dos "fins", da qual não é mais possível impor o esquema a um suposto *Designer*.

Temos que nos passar por "projeto inteligente", e isso não se discute. Mesmo se a intenção é defender que a Inteligência inicial é muito mais ampla do que a nossa, e que seu projeto é exatamente o de nos fazer procurar, tatear, experimentar nos limites e na proliferação irregular dessas finalidades inesgotáveis — algo como o que Derrida chamava de "destinerrância" —, será preciso se defrontar com a questão do projeto e do *design* implementado nessa errância em que nos encontramos. Assim, pode-se dizer que a hipótese do *intelligent design* se anula de outro modo: depois de ter sido uma hipótese ela própria incapaz de se compreender, ela se torna uma hipótese que, por sua vez, demanda outra hipótese sobre o sentido da errância e até mesmo, mais precisamente, sobre o sentido da errância do sentido.

A isso deve-se ainda acrescentar o seguinte: não somos apenas os técnicos vivos, perplexos diante da propagação de suas artes ou de suas habilidades, não estamos apenas sobrecarregados e desconcertados por essa implementação em nome de todas as formas e aparências do sentido, mas já estamos até incorporados nessa transformação. Inserimo-nos em uma tecnosfera que é o nosso desenvolvimento; o que chamamos de "técnica" ultrapassa toda a ordem das ferramentas, dos instrumentos e das máquinas. A questão não é mais o que está à disposição de um domínio (meios por fins), mas sobretudo de uma expansão do cérebro (se se preferir dizer isso) na rede de uma "inteligência" que extrapola um domínio que valha por si mesmo, a si mesmo fim e meio, indefinidamente.

Já que é vão cobrir essa errância na *strução* com um véu qualquer de "sentido", preconcebido e tomado como um modelo de "Inteligência" supostamente "boa", cabe a nós tudo reinventar — a começar pelo "sentido". Ele deixa de responder a um esquema de construção, ou de destruição e de reconstrução: ele deve responder a uma "destinerrância" que significa que, se não seguirmos em direção a um termo qualquer — nem por providência, nem por destino trágico, nem por história produzida —, não podemos existir, portanto, sem "ir". Não podemos existir sem avançar, sem percorrer, sem atravessar, sem produzir experiência — essa palavra que pretendia dizer "ir até o fim, até o limite extremo".

A sabedoria é recriada por toda parte: "mas é preciso parar! Até onde vamos?", porque, de fato, por toda parte, o que aflora é a ilimitação. Tanto a ilimitação das manipulações genéticas quanto a dos mercados financeiros, a das conexões e a das pobrezas e das patologias sociais e técnicas. Pode ser o caso de fixar limites ao que, a princípio, ignora o limite. Ou essa ilimitação será autodestruída — a construção indo até o fim para lá se aniquilar — ou descobriremos como reconhecer o "sentido" por meio da *strução*, onde não existe nem fim, nem meio, nem agrupamento, nem desagrupamento, nem alto, nem baixo, nem leste, nem oeste. Enfim, tudo junto.

Tradução de Marcela Vieira

MEU DEUS!

"Deus, sendo quem é" é o título deste encontro. Seria esse também seu assunto? Não se pode dizer isso, já que nos resta saber se "Deus, sendo quem é" satisfaz não às condições necessárias para definir um conceito, mas a essas outras condições que, sem dúvida, são necessárias para nos relacionarmos com "Deus". Ou então, que satisfaz não a um conceito, mas ao destinatário de um endereçamento — invocação, advogação, adoração, como se preferir.

Pode-se falar *de* Deus sem se dirigir *a* Deus? A princípio, acredito que não. E isso tem uma consequência: a partir do momento em que se dirige a Deus, é possível falar dele? Sem dúvida que não, do mesmo modo que não se pode falar de quem quer que seja quando se dirige a ele (a ela — hesitação que não importa, de passagem, ao se tratar de Deus, fato que merece reflexão) e desde que se dirija a ele.

Se anuncio assim o endereçamento a Deus, não quer dizer que eu o pratique, nem que domine o sentido ou a aposta disso que designo dessa forma. Isso quer dizer apenas que, a princípio, parece-me impossível falar de Deus sem considerar o fato de que, não importa como se considera o significado dessa palavra — e, sobretudo, como se relaciona a ela por meio do que se chama de fé, ou melhor, como costumo fazer, por meio do interesse que devemos a um fato importante da cultura, da língua e do pensamento —, continua sendo evidente que se trata de um substantivo próprio e que, de modo algum, ela deve ser reduzida ao significante de um conceito. O que faz "Deus" ser próprio é precisamente o fato de que ele eleva a substantivo próprio um substantivo comum, e que "o deus", como categoria do ser, desaparece na singularidade de uma pessoa (para se contentar, a princípio, com essa aproximação). Em Deus, todos os substantivos dos deuses desaparecem — Osíris, Zeus ou Júpiter —, e esse desaparecimento dos personagens e de seus papéis une-se ao conceito de "deus", desse *"theos"*, no singular, do qual Platão, certa vez, serviu-se para designar "o divino", como, aliás, costuma-se traduzir. No entanto, considerando-se que Platão tenha preparado o cristianismo por essa via, não deixa de ser verdade que "Deus", como substantivo próprio, foge significativamente do círculo de pensamento de um "divino" em direção ao qual, além disso, para Platão, trata-se de "fugir" para se livrar das aparências.

Todas essas coisas são bastante conhecidas, mas uma obstinada ambiguidade sempre acompanha esse nome de "Deus" — e, aliás, talvez não possa se separar dele, sobretudo porque o teor do conceito não pode ser completamente dissipado sob o substantivo próprio que então se revela representante. Mas representante ou substituto de um substantivo inominável, como repetem todas as variantes da tradição dita "monoteísta", que seria mais bem denominada "ateopática", o substantivo continua sendo mais o índex, ou pelo menos o índice de um convite a um endereçamento, do que a instrução de uma significação. Vale dizer: não importa quem ou o que seja evocado por esse substantivo, ou que ele seja bem ou mal empregado, ele pelo menos convoca ao convite. Trata-se de convocá-lo.

É por essa razão que defendo que "meu Deus!" é uma expressão mais apropriada ao nome de "Deus", o "meu" exercendo, a princípio, apenas a função de registrar a exclamação e o endereçamento enquanto valores que seríamos tentados a dizer o mais propriamente denotativos disso que se teria começado a se tomar por um conceito.

2

Faz-se ainda necessário uma aproximação das condições precisas desse endereçamento. Eu procurava uma via por meio do sermão do Mestre Eckhart *Beati pauperes spiritu*. Na verdade, é desse texto que poderia derivar — e que talvez tenha mesmo derivado — o título "Deus, sendo quem é". De fato, o resumo mais drástico desse sermão seria: ser pobre de espírito é ter aniquilado completamente Deus, sendo quem é. Disso se segue que a verdadeira relação com Deus é o endereçamento que pede a ele essa aniquilação — a frase bastante conhecida de Eckhart é "eu peço a Deus para ser absolvido por Deus" (*losgelöst*, solto, liberto, absolvido).

Voltemos às pressuposições fundamentais que regem esse texto de Eckhart. A mais profunda é a que relaciona Deus de modo essencial com sua criação. Deus não pode ser Deus, de acordo com sua qualidade própria de Deus — sendo, então, Deus —, sem ser o criador. Ele é o Deus das criaturas, de suas criaturas. Ora, a propriedade que marca esse possessivo "seus" — e à qual responde, para mim, o "meu" de "meu Deus" — não é uma propriedade extrínseca, mas intrínseca. As criaturas são suas porque sua criação é seu ato e porque esse ato é seu ser, se, no entanto, for conveniente empregar esse termo.

Na verdade, as criaturas não são criaturas (ou seres) com os quais uma outra criatura (ou ser), Deus, estabeleceria uma relação (nomeada "criação", como um gênero de produção ou de reprodução). Pelo contrário, as criaturas são a atualidade do ato divino, e Deus não é nada senão esse ato, sendo sua criação o crescimento de todas as criaturas ou seres, sem que essa mesma criação o seja ou proceda de alguma criatura ou ser.

Deus, sendo Deus, seja em si mesmo ou considerado fora de sua criação, então não é Deus. É isso o que Eckhart leva à última consequência ao dizer que Deus se origina das criaturas e por meio delas, e que, desse modo, "sou a origem do fato de que Deus é Deus". Na verdade, se Deus é Deus, não é o enquanto "Deus em si" (*"Gott in sich selbst"*), mas enquanto *"Gott in hen Geschöpfen"*. É nas criaturas que ele é a ação (o *wirken*, a eficiência) que age e produz as criaturas a partir de seu próprio abismo — *"ewige Abgrund des göttlichen Wesers"*. Ele o é apenas nessa realização, nesse crescimento fora do abismo, e também porque seu ser em si — seu *Wesen* — não tem nem substância nem consistência distinta. Ele também não se difere de sua criação como se ele fosse sua finalidade essencial (*"vollkommene Wesensziel der Geschöpfe"*).

Enquanto for assim, enquanto Deus em si for provido de tudo o que faz com que ele seja Deus (*"mit all dem worin er Gott ist"*), o importante é livrar-se, desprender-se, absolver-se de Deus. As palavras *abgelöst* e *losgelöst* declamam o sermão como se fizessem ressoar aí o mais distinto eco do *Erlösung* que dá nome à redenção.

É ao se livrar, ao se absolver de Deus, que o homem pode alcançar a "pobreza em espírito" que forma o tema da predicação. E essa absolvição deve aniquilar nada menos do que toda propriedade de Deus (tal qual ele será posto fora de mim, antes ou abaixo de mim) mesmo enquanto eu puder possuir conhecimento e amor de Deus, porque é disso, também, que minha pobreza deve estar despojada. Um passo a mais, e já finalizando, devo aprender que posso até guardar em mim um lugar (*Stätte*) oferecido à ação de Deus. Porque apenas Deus pode formar, em mim, como alhures, o lugar de sua própria ação, uma vez que ele age em si mesmo (*in sich selbst wirkt*) e toda sua criação acontece, pode-se dizer, nele mesmo.

Com a ressalva, no entanto, de que o que nele ocorre dessa forma não é nada além do que a saída para fora de si — a saída para fora do abismo que é seu ser e que é, também, a irrupção e a fenda (*Durchbrechen*) da criatura. Esta é, então, o *Ursprung*, o salto para fora do abismo por meio do qual, ou, ainda, como o qual, Deus "é", ou seja, age e se realiza em todo ser criado — ele sendo senão si mesmo.

3

Como compreender que algo, mesmo que real, não é o que é? Ou então que seu ser ou sua essência não se deixa apreender nem se apresentar sendo quem é, uma vez que ele é a própria ação por meio da qual todas as coisas são? Isso não é compreensível, aliás, não é necessário de se compreender, como diz o próprio Eckhart. Não é necessário por duas razões: por um lado, aqueles que, por não compreenderem, dispõem-se em uma pobreza de renúncia a qualquer vontade própria para cumprirem apenas a vontade de Deus, merecem ser louvados, uma vez que eles mantêm, assim, a distinção de "Deus" em vez de se compreenderem como origem de Deus no nascimento de si mesmos e de todas as coisas — de se encontrarem ou de se perderem na eternidade em que eu mesmo sou como Deus para além do ser e da diferença ("*oberhalb von Sein und Unterschied*"). Por outro lado, essa verdade de minha eternidade, ou seja, essa verdade do que me subtrai do tempo e da corrupção, sendo o local da ação divina da criação de todas as coisas segundo o tempo, não é compreensível, mas a questão é tornar-se igual ou parecido com ela ("*dieser Wahreit gleich werder*"). Ela é a "verdade assim exposta que sai sem mediação do coração de Deus".

Tornar-se parecido com a verdade do coração de Deus é coisa que não se aprende e não estabelece um nível superior de perfeição ou de dignidade. Esse além do querer, do saber e do ter, onde se encontra a verdadeira perfeição — ou seja, definitivamente, a verdade em sua pobreza —, não é nem mais avançado, nem mais elevado, não é fora de mim nem do mundo. A eternidade não está antes nem depois ("*weder Davor noch Danach*"), mas aqui e agora.

Qual é esse presente da presença verdadeira na igualdade da verdade e no gozo dela ("*Genuss der Wahrheit*" — gozo em pobreza)? Não seria um outro, e não esse que diz "sou a origem de mim mesmo segundo meu ser eterno". Esse presente é aquele de minha fenda ("*Durchbrechen*"), do surgimento no qual "sou isso o que fui e que continuarei sendo, agora e para sempre". Nessa fenda estou separado de minha vontade e da vontade de Deus ("*losgelöst von meinem Willen und vom Willen Gottes*"). A fenda do meu ser — desse ser que não passa da fenda, da abertura rasgando o abismo, e que nada tem de substancial ou de essencial — é idêntica à minha identidade com Deus na eternidade que reina além do próprio Deus e de todas as criaturas.

Não existe aí, é preciso ressaltar, nenhuma exaltação do gênero que se costuma chamar de "místico". Na verdade, tocamos, aqui, de modo notável, a extraordinária ambivalência que sempre acompanha a palavra "místico", em se tratando de Pseudo-Denys, de Echkart ou de Bataille. Sempre se desconfia de uma exaltação da qual se suspeita a pretensão de penetrar um mistério, enquanto, ao contrário, trata-se da mais sóbria revelação diante do mistério, que não é penetrável pela simples razão de que ele está ali, em frente, completamente visível e acessível — mas acessível apenas à revelação.

Na fenda de minha absolvição, nessa fenda que é o ponto em que a eternidade se torna minha, recebo um *Gepräge*; a tradução desse termo oferece uma dificuldade, pois nele deve-se ouvir, ao mesmo tempo, a impressão e o golpe que atinge a impressão. O valor do "golpe" não pode ser negligenciado porque o texto diz que esse *Gepräge* "me transporta para mais alto do que todos os anjos". É um golpe, e também um abalo — como certas pessoas traduzem — que ao mesmo tempo se imprime em mim — imprime, se se pode dizer isso, o texto me diz "me dá" —, "uma tal riqueza que Deus, com tudo o que ele é sendo Deus, não pode mais me satisfazer". Trata-se, então, de uma doação e de um estímulo, de um impulso, da repercussão de um golpe (deve-se pensar que a riqueza evoca a moeda golpeada, grande paradigma da *Prägung*?). Mas ao mesmo tempo é, na verdade, o golpe que agita a indiferença e "me" desprende "eu mesmo" até de minha semelhança para além do ser e da diferença.

4

Em que exatamente consiste esse golpe? Ou como ele é golpeado? Sabemos a resposta: ele é golpeado da eternidade na eternidade, abrindo esta à distinção de minha existência, à distinção de um "eu" e de um "ele" ("Deus") do qual toda atividade — o ato que ele é por meio de — é a eficiência divina do próprio existir tal qual ele abre imediatamente o imediatismo. *Gepräge* pertence à mesma família que o *brechen* da *Durchbrechung*, da fenda por meio da qual a criatura irrompe. A batida, seu golpe, sua fenda e sua impressão são a própria criatividade.

Mas, neste exato momento do texto, qual é a plena atualidade da fala? Ela não está na simples posição de minha unidade com Deus nem comigo mesmo na origem criadora, porque, precisamente, isso não poderia ser apresentado nem como uma coisa ou um ser, nem como uma verdade ou uma experiência. Se é correto dizer que "aqui Deus é apenas um no intelecto" ("*Gott ist eins im intellekt*"), e se essa unidade de Deus no e como isso que se designa "intelecto", ou seja, essencialmente, a relação consigo, e, para finalizar, a minha própria união com Deus e de Deus comigo, essa unidade, que só tem valor na atividade da união, manifesta-se como a relação com Deus por meio da qual aqui se atualiza a aposta do texto — com a condição de que ele não seja pura aposta teórica.

Essa atualização, ou até mesmo essa atualidade — porque não se trata de uma passagem de potência ao ato, mas do simples ato, do qual ele é, ao mesmo tempo "questão" —, é aquela do simples ato de fala efetivo, duas vezes repetido no texto: "Eu peço a Deus para ser absolvido de Deus", e "Eu peço a Deus para me absolver de Deus". O que supõe essa súplica? A princípio, ela supõe distinção e distância entre mim e Deus: essa distância que minha própria fala indica, e que ela até efetua a partir do momento em que se dirige a Deus.

Em seguida, ela supõe que eu posso dirigir-me a Deus e que, consequentemente, existe certa proximidade entre mim e ele.

Ela supõe, finalmente, que eu posso dirigir a Deus o pedido para me absolver dele e que, consequentemente, Deus é aquele que pode aniquilar-se ao absolver a criatura de sua distinção do seu criador. Se ele pode desfazer essa distinção é porque ele mesmo está em mim, em sua união comigo, o ato da "maior pobreza interior" ("*die innerste Armut*"), segundo a qual não existe em mim nem querer, nem saber, nem ter — ou seja, nada, estritamente nada para se relacionar, não importa de que forma —, mas somente a fenda e o estímulo, o impulso ou a impressão de minha existência, ou seja, da existência de um "meu" (e não de um "eu"), que não é um bem possuído, mas esse "meu" que pode essencialmente dizer "meu Deus"; dizer "meu" sem que ele esteja acompanhado de qualquer possessão do possessivo.

O pedido ou a súplica de Eckhart supõem, silenciosamente, o "meu Deus" que deve necessariamente anunciá-lo (e se eu digo "*quem deve*" e não "*que deve*", que seria o mais esperado, é porque "meu Deus" não é, aqui, o enunciado sem ser também a enunciação, e mesmo o que chamamos de seu "sujeito").

"Meu Deus — livra-me de ti!": livra-me de toda possibilidade (e de toda tentação...) de apropriar-me de ti sob algum regime de ser, de pessoa, de criador ou de legislador. Certamente, quando dizemos "meu Deus!", não pensamos em toda essa sequência teórica ou especulativa. Mas, no entanto...

No entanto, dizemos "meu Deus!" sem pensar nisso, sem pensar em Deus. De certo modo, trata-se de um resíduo de cultura, de um resto ínfimo de cristandade que corre na língua. Sem dúvida, ele é cada vez menos frequente e sabemos que sempre, na boca das pessoas instruídas, essa exclamação jorrada como um reflexo é seguida de um "se eu puder dizer" mais ou menos sarcástico. Não procuro, absolutamente, carregar essa fórmula com um peso que ela perdeu há muito tempo. Mas ela o perdeu com razão: não somente porque "Deus está morto" (Eckhart diz, aliás, que "Deus está morto para que eu morra para o mundo e para todas as coisas criadas"), mas porque a verdade de "meu Deus!" não está no apelo a uma potência tutelar ou consoladora, nem a um ser em possessão dessa potência.

"Meu Deus!" é uma exclamação que pode ganhar a tonalidade de surpresa, de susto, de admiração, de opressão, e que também pode reduzir a exclamação até não passar de uma suspensão pensativa ("Quem é Deus? Meu Deus, eu não saberia lhe dizer..."). Exclamação ou suspensão, *meu Deus* orienta a um indizível: não a uma língua além, mas a um além da linguagem que a linguagem ainda indica e que ela indica pela nomeação apropriada — quero dizer, por uma nominação que eu aproprio como sendo minha, sobretudo na medida em que ela não nomeia ninguém (em que ela nomeia Ninguém, diria Celan) e para onde eu oriento o que é meu em direção a essa inomeação.

O inominável não é um real que supera toda a nomeação, ele é o que todos os nomes nomeiam sem nunca significá-lo: ele é a própria razão da linguagem, a razão que sempre o devolve novamente ao chamado que o abre e que o forma.

"Meu Deus, absolva-me de Deus!" — é um chamado para o que não se deixa nem nomear nem chamar, mas que, sendo dirigido dessa maneira, já se apresenta e responde: não, não se trata absolutamente de Deus, e tua existência surge em um impulso que a atira de repente tanto na tua distinção absoluta (sim, separada de toda e mais radicalmente "tua" que não saberá nem concebê-lo nem experimentá-lo), quanto para além do ser e da diferença.

Um dia, talvez, não diremos mais "meu Deus!". Mas nunca iremos parar de nos exclamar na suspensão de nosso pensamento e de nosso discurso, recebendo a própria exclamação como nossa mais própria e íntima verdade. E também nossa mais pobre verdade, desprovida de todo sentido e exposta, assim, a toda a extensão de sua fenda.

Tradução de Marcela Vieira

ARQUIVIDA

Mais do que uma arquitetura do vivo
falemos de uma vida arquiteta e, melhor ainda, *arquígona*
    — pois essa palavra grega de fato existiu —
falemos de uma vida que produz a vida.
É isso o que ela sempre faz, inevitavelmente, é uma de suas maiores características,
gerar a vida a partir da vida, ela mesmo se produzir incessantemente, fazendo vida de toda vida,
não apenas se conservar, crescer e embelezar,
mas se propagar, proliferar, relançar-se de tempos em tempos
inverno em primavera, de lugar em lugar, de mar em mar.

É isso o que ela faz, mas, aqui,
desejamos falar de uma outra produção
mais originária do que a investida genética
uma gênese que produz a própria gênese

urleben, a nomearia o filósofo alemão
ou então *das Urlebendige*, como escreve Schelling

—

Ur assinala a ascensão, a elevação, o movimento de baixo para cima,
subida, impulsão,
enquanto *arché* indica o primeiro gesto, o primeiro passo,
o passo daquele que parte à frente, que toma a iniciativa
e não seria a vida a iniciativa e o começo,
o impulso disso que impele?

mas que vida leva a vida a tomar impulso? eis do que se pretende falar,
que impulso, que alavanca?

pois, enfim, mal se compreende um mundo
que não fosse feito, moldado, gerado,
enquanto mundo no qual isso gera e produz, frutifica, germina e fecunda —
e também dissemina

—

precisa-se, por isso, de uma vida anterior
de uma vida que não se inicia neste mundo, mas da qual este mundo vem e vive,
de uma vida que fizesse tanto *big bang* quanto *yin yang*
sem ser, no entanto, posterior àqueles,
seu ser primordial, essencial, elemental,
um impulso que impele de todo e de nenhum lugar, do mais profundo da profundeza
ou do mais superficial da superfície

enquanto nem a profundeza submerge nem a superfície emerge
e no entanto cada um impele o outro — ou melhor,
um impulso puxa-os, distende-os, lançando-os no espaço e no tempo.

Eis a vida arquígona,
o lótus que contém o sol,
o sopro que corre sobre as águas,
o sempre-já presente da presença infinita que não é um ser, nem o ser, que não é princípio nem causa, nem agente, nem fermento, nem fonte,
mas movimento, desarranjo, inclinação, assimetria,
ruptura de identidade e de igualdade consigo,
deiscência daqui e de lá,
disso e daquilo,
tensão, pressão, excitação, incitação
sem ordem,
passagem de um a outro que o revela ter sido outro e não um,
contração e atração arquiviva
de onde a vida mais tarde poderá nascer
nesse *mais tarde* que se abre, já aberto no *mais cedo* que nunca se deixa capturar de outra forma
senão como *mais tarde* de um outro *mais cedo*, ou seja, na distensão do impulso

—

O impulso impele: ele se impulsiona a si mesmo e, no entanto, como é algo que não se pode apanhar,
é muito bem impelido, impulsionado, ação pura que, por não agir sobre nada,

se recebe, se submete, se arrebata,
ação que seu agir apaixona: ei-lo.

Ele desempenha uma passibilidade, uma excitabilidade sem qualquer necessidade de que uma espécie de força apareça
para agitá-lo, pois é com sua própria excitação que ela se excita,
é a sensibilidade que se permite sentir si mesma de forma mais anterior, mais profunda
do que qualquer espécie de sensação determinada
ou de sentido atribuído.

Tal é a vida primordial: a suscetibilidade que afeta a si mesma sem, contudo, se autorreferenciar nessa afetação a respeito do modo de uma determinada existência, de um crescimento de si fora de si, ou de um sentimento de si fora de si. *A vida imediata é a vida tomada em uma separação do consigo, que a torna estrangeira a si própria*, afirma Hegel.[1]

Das sich entfremdete Leben: a vida que não volta propriamente a si, que não se desprende nem se distingue como *uma vida* de acordo com a diferença de sua membrana, de seu corpo, de seu genoma e do tempo em que ela vive até sua morte,
a vida, assim, não apropriada, não é menos apropriada em seu estrangeirismo cósmico, mineral, energético, em sua exterioridade de partículas e de relações,

nesse estrangeirismo presente como si próprio
se for preciso citar Valéry:

---

[1] *Encyclopédie*, § 337.

Por que a vida ligada ao oxigênio? Então ela se encontra no interior de uma certa condição quimico-geológica...[2]

ela mesmo em si propriamente estrangeira,
estrangeiramente própria,
e suscetível, sem nenhuma outra intervenção senão tudo
o que acontece com ela entre ela e suas estrangeiridades,
entre ela e ela
que não é si mesma
nem para si nem por si,
ela, que é

tudo unanimemente tudo estrangeiramente singularmente universalmente pluriversalmente vivo
sobre o modo de não ser
de não ser tudo ao menos vegetal, animal ou espiritual,
mas de ser tudo isso junto e mais ainda
ser o conjunto desse conjunto,
a abertura e a conservação, a perpetuação do mundo,

porque um todo vivo é um todo onde tudo existe em uma relação com tudo

assim afirma Kant:

Um corpo orgânico é aquele em que cada parte com sua força motora se dirige necessariamente a tudo, a cada parte em sua composição.
A força produtiva dessa unidade é a vida.
Esse princípio de vida pode, a priori, ser relacionado às plantas, aos animais, a suas relações recíprocas, ao todo resultante

---

[2] *Cahiers II*, p. 726.

da ligação de ambos, e também ao todo do nosso mundo, pela reciprocidade de suas necessidades.[3]

Kant afirma aqui uma passagem *a priori* legítima (sem recurso a dados sensíveis) da primeira forma específica do vivo (o vegetal), depois ao animal, às relações de todos os vivos e daí ao "todo do mundo". Então não é possível que o vivo apareça no desenvolvimento do mundo sem que a vida ou o "princípio de vida" já não esteja, ele próprio, sob algum aspecto envolvido no mundo e em qualquer momento de sua história. O vivo provém da vida da qual ele revela, assim, a arquipresença.

O que, no entanto, deve-se pensar para pensar isso, cuja expressão para Kant não passa de um momento na longa história em que todas as filosofias pensaram de modo mais ou menos direto e temático sobre uma vida do mundo em sua totalidade?
De fato, todos pensaram, seja transcendente ou imanentemente, o que, aqui, não faz qualquer diferença, uma vez que quando um Deus cria um mundo nele exprime — ou imprime — o projeto de sua vida divina, e, de modo recíproco, quando um mundo se propaga em imanência o princípio de sua vida, ou seja, sua mundanidade de mundo, forma-se a maneira com que a imanência se transcende, o que não quer dizer nada mais do que isso: ela se dirige a si mesma. (Acrescentemos rapidamente que o momento de Kant é revelador, porque ele é justamente aquele em que a suposta transcendência é expressamente convertida em suposta imanência.)

[3] *Opus postumum*, XXI, 221.

Para pensar a vida do mundo — que não é exatamente o mundo como vivo, à imitação do "grande animal" estoico —, é preciso pensar essa "reciprocidade das necessidades" à qual Kant restabelece a necessidade de pensar a vida do todo do mundo.

A reciprocidade não é muito difícil de ser representada porque não apenas os animais comem os vegetais como eles também lhes fornecem alimentos, como o nitrogênio, e preservam seus espaços de crescimento e reprodução, ou porque os minerais fornecem compostos de seivas vegetais enquanto as plantas fixam e transformam seus solos. É menos fácil apreender o sentido da "necessidade" (*Bedürfnis*) nesse contexto.

A necessidade designa a necessidade opressora — "vital" poder-se-ia dizer nos casos extremos — em nome da qual nos encontramos com a preocupação (é o sentido da palavra francique[4] *bisunnia*, de onde vem a palavra *besoin* [necessidade]) e pelo efeito dessa preocupação na atividade sobrecarregada — a cópula — de equipar isso cuja falta é experimentada.
Existe então uma preocupação que, por não ser completamente a *cura* nem a *Sorge* existenciais de Heidegger, não merece menos de seu ser associado. A necessidade demonstra uma dependência do exterior ou do outro.
Assim, é possível afirmar que "a vida (...) é a própria realidade da separação: fome (...), nascimento (...), desen-

---

[4] Antigo dialeto das populações francas.

volvimento, variação (...) etc. Ela é a figura do exterior por excelência".[5]

É comum pensarmos a separação como distensão privativa em relação a uma unidade preliminar. Mas a separação também constitui a condição de produção de uma unidade distinta.

A separação permite
que não haja uma única coisa indistinta
não, não algo no lugar de nada
pois nesse caso
a coisa desaba no nada
de sua própria unicidade

é por isso
que não basta dizer o ser
nem do ser que ele é
mas deve-se dizê-lo plural
não os seres
mas ser essa ação essa surreição essa ocorrência essa mobilização
abre a pluralidade das criaturas singulares
separadas entre elas mas no entanto
separados de alguma entidade primeira
que os teria precedido
porque nada precede "ser"
esse ato esse *acting* ou esse nascimento.

---

[5] Juan-Manuel Garrdo, *Chances de la pensée*, Paris: Galillée, 2011, p. 34. Sigo aqui os passos de todo o pensamento garridiano da vida.

—

Ser não é
Ser é nascer
ser quer nascer
ser está no nascimento mais originalmente
pois o nascimento está na origem e reciprocamente
o *gen* da geração no *ana* da chegada ao mundo
e reciprocamente

a chegada ao mundo pressupõe o mundo
enquanto o mundo pressupõe que nele venham as coisas
do mundo
não por sua proveniência mas por sua vinda
sua chegada
não sua ascendência nem sua descendência
mas cendência, sua escansão
o ritmo de sua separação distinção dispersão disseminação expiração distribuição

a imensa prosódia do mundo
os íons os cátions os mésons os bósons
os campos de força as trações
as partículas moléculas películas homúnculos
todas as combinações declinações emaranhadas e desemaranhadas
as palpitações as pulsões
figuras e cadências

nas quais ser é nascer
e nascer no mundo é nascer mundo

cada vez uma outra distinção, um outro ser-aqui, nascer-
-aqui, nascer-além,
um outro ser-um-aqui do qual se abre uma outra impulsão
em direção a um outro exterior.

—

Todas essas aberturas abrem-se umas sobre as outras
ou então cada uma em si mônada as reflete todas
*por onde vemos que existe um mundo de criaturas de vivos, de
animais, de enteléquias, de almas na menor parte da matéria*[6]
como escreve Leibniz
e não há nada de inculto, de estéril, de morto no universo

o que então significa que uma vida do mundo se pressupõe à vida determinada do vegetal, do animal e do espírito,
o que não é nada além do que a pressuposição de todas
as partes,
que *a forma interior do todo precede o conceito da composição
de todas as suas partes*[7]

e a forma interior que precede o conceito
eis o que devemos nomear "vida", "arquivida", que, no
entanto,
não é uma outra vida — por exemplo imortal, inalterável
— que precederia
e envolveria nossas frágeis vidas perecíveis
pois, de outra forma, a arquivida fragiliza e faz fenecer a
própria *arqui*
ela dissolve o princípio na chegada

---

[6] *Monadologie* 66.
[7] *Opus postumum*, XXI, 209.

na chegada que precede toda proveniência
que a precede em surgimento
surgindo para nada, do nada, mas surgindo bem no meio do nada,
surgimento imemorial

pelo qual também surge o pensamento
surge como pensamento
isso que a origem sempre é surgida
suplementar e surpreendente

não ser primeiro primeiramente estabelecido
mas nada de colocado, tudo surgindo,
todos os seres surgindo e
o ser que é exatamente o não-ser neles[8]
o não-ser que nomeia vida
arquivida nunca arquivada
pois não existe mais depósito para a vida

—

Não existe nem mesmo descanso
pois a vida consiste em viver e viver exclui a interrupção
mas no descanso vive continua a viver e se refaz a vida

o que tem de comum entre *zoé* e *bios* e também entre *vita*
o que surge em sua raiz *awey*
sempre teve a ver com viver
assim como os seres têm a ver com ser
e nunca com "o ser"

---

[8] Schelling, *Âges du monde* 75.

viver, ou seja, durar, prosseguir, continuar, prolongar
é passar sua vida então também passá-la de tal ou tal maneira
porque não dura e não se prossegue senão uma vida
e não "a vida" em geral
que não vive em lugar nenhum nem não existe

é uma vida cada vez que vive segundo sua forma de vida
o que Wittgenstein caracteriza como o que deve ser aceitável, o dado[9]
o que é dado como essa vida
que se abre, que se não se envolve e se prossegue
como isso que vive
que vivendo adere a si mesmo e se prossegue
por tanto tempo que isso vive

ou então que ela é vivida
podemos dizer tanto um quanto o outro

não existe mesmo descanso nenhuma estase
pois o descanso conserva renova a vida que descansa
e o coração que bate se descontrai a cada vez que ele se contrai.

A vida se conserva, ou seja, desejo de ainda viver
ela é, disse Garrido, *o fenômeno da diferença entre o vivo e o não-vivo: ela é a luta, o esforço ou a resistência do vivo para permanecer vivo*[10]

---

[9] *Recherches philosophiques*, p. 316.
[10] *Chances de la pensée*, p. 23.

e se seu desejo é morrer, esse desejo representa uma outra vida mais conservada, mais protegida de uma ameaça à qual ela descobre não mais poder resistir

—

A vida quer viver, ela quer ser vivida pois é sendo vivida que ela é experimentada
e é sendo experimentada que ela se afeta
e é se afetando que ela é, que toda coisa é
"afetar-se", de fato, não é a princípio se regozijar ou se lamentar
ou então é isso mesmo sob formas que não prestamos atenção
como estar de fora, ao lado, diante, atrás, descoberto, em contato, sob pressão,
é estar fora de si e "ser" se mostra enquanto exterior distante, fora de alcance,
caído na indiferença por sua própria indiferença
da mesma forma que está reatado até ao choque de sua exterioridade, de sua dureza impenetrável

é assim que a arquivida se faz estrangeira a si mesma no organismo cósmico, astral, geológico e mineral
assim como dessa estranheza ela tira sua sopa pré-biótica
onde ela começa a comer a si própria para começar a vegetar e a se avivar
ou seja, a se desejar como aquilo que se sente desejar
o que se sente e se sabe desejar
ou o que, de preferência, se sente e se sabe como seu desejo de si

e que adere com todas as suas forças a esse desejo para
perpetuá-lo, fazê-lo crescer e, em suma, transmitir-se a si
mesmo

que adere que cola em si como costumam dizer o alemão
Leben ou inglês *life*, cujo sentido é cola, goma, aderência
que se experimenta colada
junta

como dois corpos que se comprimem não fazem nada
além de se dividir de se sentirem um e outro sentindo-se
distantes de todo apreender e manejar
ou se apreendendo e se manejando para nenhuma outra
operação que não seja desejar-se e sentir-se desejar —
de se sentir desejado/a da mesma forma que desejar —

às vezes de maneira anexa e no entanto não aberrante
desejando também transmitir a vida, a mesma que eles
partilham como uma outra que se estranhará,
um outro corpo vivo

o qual, por consequência terá sido pressuposto,
tornar-se-á pressuposto
teria pressuposto sua forma à composição de suas partes

sem que no entanto essa pressuposição possa, de forma
alguma, ser posta,
nem pressuposta, nem suposta
pois não se pressupõe o que só acontece com o surgimento
de um novo desejo
cuja novidade relança, *re*-apresenta
a novidade imemorial arquivivante

essa vida em ascendência da vida
que para terminar e para começar não é uma vida
porque ela é o nascimento dela
a expulsão para fora do nada,
a pulsão,
a pulsação que só é primeira ao se dividir de si mesma

—

Dividindo-se até se experimentar tão frágil e tão desejosa
de viver que ela acontece de outras formas de vida, de
alimentar, de sono, de calor, de proteção, de encontro,
de signos que se propõe a viver sua própria vida, linguagens, cálculos e máquinas,
onde a vida se experimenta mais viva e levada mais longe
em seu espaço-tempo que ela experimenta como sua
própria expansão sua própria disseminação sua própria
profusão e sua própria extenuação
sempre se dividindo de si mesma
que, em si, não é mais do que a própria divisão
não de si mesma
mais disso
que não poderia acontecer se a divisão não se desejasse
assim.

Tradução de Marcela Vieira

Posfácio
DO SENCIENTE E DO SENTIDO

Adrián Cangi

> "*A existência é sua própria tatuagem como a pele do ser.*"
> Jean-Luc Nancy

SINGULARIDADE

A singularidade da vida atual de Nancy provém de um limite orgânico e de um suplemento técnico. Em *O intruso* [*L'intrus*, 2000] diz que diante da notícia de um transplante de coração, o órgão ao qual havia se habituado como próprio se tornava alheio por dejeção. O filósofo se preparava para elaborar o impacto da intrusão e do dispositivo técnico que o tornaria possível. A relação *phusis/tekhné* que havia atravessado toda a filosofia ocidental era revisitada sob o estado de uma sobrevida técnica. Se bem que Nancy admite que "um cérebro não sobrevive sem o resto do corpo", também sabe que a natureza age por defecção enquanto a técnica mais do que opor-se a esta a desdobra e desenvolve por suplemento. Afirma, então: "assim como meu coração, meu corpo, me chegaram de outro lugar, são outra parte de mim". O intruso que chega de outro lugar e de fora indica para Nancy uma "carência" da natureza que lhe é constituinte. O novo organismo da "sobrevida" já não distingue a oposição entre natureza e técnica. A seu juízo, a abertura produzida pelo suplemento não conhece fechamento e torna indiscernível a valoração moral sobre a técnica.

Escreve com estupor: "Estou, junto com meus semelhantes (...) no início de uma mutação (...) o homem começa a ultrapassar infinitamente o homem (...) Transforma-se no que é: o mais aterrorizante e perturbador técnico (...) o que desnaturaliza e refaz a natureza, o que recria a criação (...). O que é capaz da origem e do fim". Se bem que Nancy reconheça sua obra como parte de uma "analítica da finitude", não deixa de apontar o caráter ambíguo do homem, desdobrado como objeto do saber e sujeito do conhecer. Antes de mais nada, trata-se de um "espectador contemplado" e de um "soberano submisso". Aquilo que na linguagem da ciência médica, a qual Nancy se habituou, enuncia-se como um "paciente ativo" ou um "colaborador disposto". Os dispositivos que o homem fabrica transformaram o organismo natural e a linguagem que o nomeava. O saber positivo indica a finitude do homem tal como o conhecemos e nos implica na mutação que refaz a natureza recriando o ato de criação.

O suplemento técnico abre, por sua vez, a possibilidade de ultrapassar infinitamente o homem. Se o modo de ser da vida é dado de forma fundamental por "meu" corpo em relação com a linguagem, o organismo e o trabalho, Nancy indica que o intruso é o próprio homem porque não culmina de se alterar, desnudando o homem e sobre equipando-o. Do próprio coração do transplante nasce uma "inteligência sensível do coração" que indica, escapando a qualquer metáfora, que o homem da finitude enfrenta sua abertura tanto como seu paradoxo: em sua positividade, o homem poderá fundar as formas que lhe indicam que ele não é infinito ao mesmo tempo em que seu suplemento técnico lhe prova que onde a morte rói anonimamente a existência do vivo ele refaz a natureza. Aquilo que Nancy descreve e pensa é a nova escansão do suplemento e a abertura no momento de sua mutação. Sua interrogação parte da perplexidade ao estar "agarrado" à tecnoesfera ou à sobrevida — da qual, por outro lado, ninguém parece poder escapar já —, condição que o leva a uma retrovisão em relação aos conceitos da tradição filosófica sob o efeito do acontecimento que o transformou. Não é um otimista da sobrevida, no entanto enfrenta o "mais aterrorizante e perturbador técnico" experimentando-o em seu próprio corpo rítmico. Onde a finitude natural se fez inútil, a infinitude técnica realçou a sobrevida.

Para Nancy o suplemento técnico é a evidência em bruto de um mundo que remete a si mesmo e funciona para si mesmo. É o domínio do agir virtual do animal técnico — onde a própria técnica teria furtado ao homem todo fim último ou fim supremo — para devolver-nos uma autossuficiência exorbitante. Esta autossuficiência poderia chamar-se "delirante" porque a técnica se transformou no agir do que constrói e destrói simultaneamente, para amontoar por contiguidade e contingência restos que não respondem a gestos programados. A técnica não age por alguma coordenação regulada com vistas a fins — gestos construtores, constituintes ou instituintes — e sim pelo amontoamento do mundo no mundo cujo resultado é um arbitrário e complexo agrupamento. Esse colocar tudo junto até configurar a imanência histórica da multiplicidade de mundos no mundo, é onde a evidência e a lógica descobrem que sempre há algo em lugar de nada. Esse "há" algo técnico em lugar de nada abre o "infinito" do sentido por sobre a finitude do homem.

Por isso, Nancy afirma em *O sentido do mundo* [*Le sens du monde*, 1993] que "a finitude é a verdade, cujo infinito é o sentido". Isto não implica repor uma ordem e um léxico onto-teológico, e sim supõe compreender numa "analítica da finitude" que o ser só transita a essência sem interioridade como singularidade existida que arca com seu próprio fim. O homem concreto da finitude natural descobre o que sempre esteve ali: o monstro técnico do suplemento do sentido. E com este, expõe-se à presença, tanto à sua condenação com o à sua abertura. Se a cultura moderna pode pensar o homem aproximando-se ao infinito a partir dele mesmo e seus saberes, a cultura sobremoderna introduziu o infinito intruso da mutação técnica na vida. Esta mutação supõe não só reconhecer um intruso como testemunha encarnada em si mesma — sobreorganismo no organismo —, mas um intruso como *ethos* —sobredeterminação na determinação — de uma tecnoesfera habitada como o entre-lugar do amontoamento de restos técnicos. Vale a pena abrir a escuta à Nancy: à voz de seu ritmo e à poética de seu suplemento que são uma singularidade corporal fora de lugar que se sente sentir.

Concreção

Este fora de lugar de sua singularidade corporal leva Nancy a pensar o "há mundo" como existência e exposição que se expressa na transitividade da imanência material. O homem existe e é na transitividade ou no trânsito da imanência que, na maior tolice retém a aposta mais temível: que o sentido do mundo seja este "mundo-aqui" — materialmente — enquanto lugar do existir sem reservas. Isto supõe dispor o estilo da escritura filosófica para dar conta do espaçamento como materialidade. Para Nancy a matéria não é a espessura fechada sobre si e sim a diferença em si mesma. Matéria é realidade da diferença pela qual há algumas coisas e não só uma diferença pura. Então, trata-se de pensar a pluralidade das coisas como realidade que se apresenta necessariamente numerosa. Abre-se, desse modo, o "estranho duplicado" para o homem da "analítica da finitude", como o profetizara Foucault em *As palavras e as coisas* (1966): um estado duplicado empírico--transcendental que permite aceder a um ser tal que nele se tomará conhecimento daquilo que torna possível todo conhecimento.

A fenomenologia do tato de Nancy parte do recurso material-transcedental (existencial) de alguma coisa enquanto diferença material. Por isso pode-se dizer que a idealidade do sentido é indissociável de sua materialidade como exibição da coisa singular. Trata-se da busca do sentido na qual o sentido não acrescenta à existência mas que se consuma nela. Dizer que o sentido em indissociável de sua materialidade é equivalente a dizer que é indiscernível desta. A singularidade é material: entenda-se como acontecimento ou como unicidade da existência, ou como as duas coisas ao mesmo tempo no reino do sentido. Dir-se-á que para Nancy "há mundo" quando há matéria singular exibindo-se como realidade individual. Realidade constitutiva de um ser que é sujeito e por isso formado de matéria sensível que faz corpo enquanto extensão que se expõe.

O problema de Nancy consiste em pensar o fora de lugar do fenômeno material para o sentido, onde o homem enfrenta aquilo que lhe escapa no modo de um habitar, uma ocupação ou uma linguagem que se tornaram mudas. Esta analítica é estética e política enquanto aborda o estado de mutação do sujeito que se enraíza na experiência do corpo e da cultura. Filosofia que se interessa pelo "acesso a" à extensão material como a modalidade necessária de um fazer mundo e de um ser no mundo. Para isso parte das superfícies e de sua exploração transitiva como a abertura do sentido para fazer uma filosofia quântica e fractal, concreta e discreta da natureza-técnica. Talvez se possa dizer que a fórmula de Nancy afirma que todos os corpos fazem o corpo inorgânico do sentido. É então que o "ser-aqui" só pode dizer-se pelo tato como lugar do sentido.

Para abordar o tato em uma classificação dos sentidos e suas relações, Nancy reconhece partir de um empirismo mediante o qual tenta uma conversão da experiência numa condição *a priori*. Um sujeito "se sente sentir" um "si mesmo" que se aproxima e se distancia de "si mesmo", entre a experiência empírica e a experiência da experiência do pensamento. Por isso, para o corpo, vibrar é intensificar-se e estender-se, porque esta experiência rítmica o põe em relação consigo mesmo e fora de si mesmo. O problema do sentir (*aisthesis*) é sempre um "sentir-se sentir" que dispõe o sentir no sujeito como experiência empírica e o sentir no pensamento como experiência da experiência a priori. Esta analítica pode ser lida na pluralidade do sentido abordado em *O sentido do mundo* e na pluralidade das artes propostas em *As musas* [*Les muses*, 2001]. Nesta direção, cada arte é um tato claro no limiar escuro do sentido, onde — tocar, roçar, esfregar —, indicam a gênese e a divisão senciente do sentido.

Entre uma multiplicidade de distribuições e combinações possíveis dos "sentidos", Nancy propõe a seguinte: uma série determinada pelo visual e o gustativo que estaria em relação com a presença e uma série constituída pelo auditivo e o olfativo que estaria em relação com o sinal. O tátil se colocaria como antecedente de ambas as séries. Segundo a série do visual/gustativo, o sujeito remete a si mesmo como objeto. Segundo a série do auditivo/olfativo, o sujeito remete a si mesmo como um indiscernível sensível/inteligível. Mas o tátil dá ao sujeito a estrutura geral do sentir-se: cada sentido "toca" ao sentir enquanto "toca" os outros sentidos. Cada modo ou registro do tato sensível expõe a singularidade de um aspecto do "tocar--se" como diferença ou conjunção entre os sentidos. Vale assinalar que não haveria um tocar-se dos sentidos sem distinção: cada sentido é um caso e um desvio de uma vibração. Pode-se dizer que "há" uma sensação quando há conjunção/distinção de um vibrar-se semelhante entre todos os sentidos. Embora cada modelo de vibração erija um regime de sinais sensíveis.

A série do visual/gustativo está à espreita mimética, no sentido de uma vigilância da presença. A série do auditivo/olfativo é da ordem da participação, no sentido de uma partilha do sensível em si mesmo. O tato é o claro-escuro ou o limiar de todos os sentidos e do sentido. É o limiar da divisão senciente do sentido. A verdade última do fenômeno não está só na aparição ou na manifestação — como na tradição de Kant a Heidegger — que evoca uma forma para a visão, e sim na ressonância ou na vibração — como na tradição de Husserl a Derrida — que evoca a propriedade singular da emoção sonora. Pode-se dizer que na tradição filosófica ocidental não há reciprocidade entre a vista e o ouvido, embora o tato indique que não há sentido maior que a "flor do sentido" — a flor da pele — ou na superfície onde aflora por fricção o senciente/sentido, como indica Nancy em seu livro À escuta [À l'écoute, 2002]. O sentido — sempre aberto — indica uma matéria formando-se como processo de formação ou inclusive de mutação que supõe o desvio do tato singular na superfície do senciente/sentido.

Em O sentido do mundo, Nancy trata o tato (toucher) para opor-se a um conjunto de proposições de Os conceitos fundamentais da metafísica (Cursos de 1929-1930) de Heidegger. Rechaça o dizer de Heidegger porque acredita que não faz justiça à totalidade do espaço de sentido da existência. Parecem-lhe frágeis os enunciados: "a pedra é sem mundo", "o animal é pobre de mundo" e "o homem é configurador de mundo". O mundo fora do homem é a exterioridade efetiva e afetiva sem a qual a própria disposição do sentido careceria de sentido. O mundo fora do homem é a exterioridade efetiva se o homem não coloca a disposição para si o vivente — animais, plantas, pedras — numa relação de sujeito a objeto. Atravessar espaços terrestres, oceanos, atmosferas, corpos siderais à procura do sentido disperso supõe por parte do homem um entrar em relação com o mundo para além do campo de ação do homem.

Onde Wittgenstein afirma que o sentido só pode ser encontrado fora do mundo (Tractatus, 6.41), Nancy anota que o mundo só tem seu fora-dentro. O fora-dentro não é mais que o impensado das representações com imagens do pensamento da natureza que ainda restam por ser pensadas. Onde Heidegger diz que "a pedra é sem mundo", Nancy responde que "a pedra exerce uma pressão sobre o chão. E com isso 'toca' a terra". Heidegger determina negativamente o tato da pedra sobre a terra porque segundo sua opinião a terra não está dada para a pedra. Nancy afirma seu peso — o peso do contato que abre a superfície de uma relação — a de sua transitividade passiva que é para o sentido o singular-plural concreto. Por isso, Nancy não duvida: "a pedra é mundo", antes ou depois do objeto e do sujeito. No aqui ou ali do estar da pedra em sua compacta concretude, o sentido toca a pedra porque se choca com ela como se se chocasse com o mundo. Por isso o sentido é o tato concreto das configurações e constelações singulares que se abrem no exposto ao plural de suas designações. A pressão da pedra sobre o chão é a existência que se faz sentir por seu peso como corpo diferente e singular embora este já seja mundo.

Talvez possamos considerar que o filósofo não tem nada para nos dizer, nada que não saibamos, embora a precisão de suas descrições o digam de um modo límpido, agudo e exato: é preciso impedir que o sentido se feche sobre si mesmo, só se sente a existência como diferente conferindo uma unidade ao senciente/sentido que ao tocar estremece e gera movimento. Nancy sabe, como Flaubert em *A tentação de Santo Antônio*, que a escritura filosófica culmina na autoafeição como autogeração do sentido que permitiria exclamar "vi nascer a vida! E começar o movimento!". A autoafeição para o filósofo e o escritor constitui um novo idioma — que inventa meios de expressão para diversificar seu próprio sentido — até alcançar a fosforescência do mundo, como articulação diferencial de singularidades que fazem sentido, em sua própria sensação no idioma criado. Este idioma pode ser experimentado só quando um corpo separado de outro é alcançado pelo tato e se dispõe a afetar e a estar afetado na identidade do senciente e do sentido, da moção e da emoção, da reação e da atração. O movimento da existência é o ritmo, a inflexão e a incorporação por vibração. Isto é dito por aquele que ao explorar o tato experimenta o contato como uma inteligência sensível do coração. No toque em ato, móvel, vibratório e repentino se abre o sentido e, talvez, um novo idioma.

Discrição

Nancy é um filósofo do "entrar em contato" com o real na abertura discreta do sentido do mundo. Movimento só transitivo, nunca substantivo ou formal. Por isso, reconhece que a concreção finita e transitiva do mundo é anterior ou posterior ao sujeito e ao objeto. Ser filósofo da transitividade é sê-lo da extensão e da relação. É nesta direção que sua percepção se concentra numa lógica do sentido e não da verdade: no "em-si" que contém sua diferença no "estender-para". Trata-se de um materialista num sentido quântico e fractal, isto é, um moderno atomista da singularidade concreta e discreta da natureza, porque para esta filosofia todos os corpos fazem o corpo inorgânico da sensação e do sentido. Um corpo diz a singularidade, a força e a diferença que cada corpo é. Cada corpo se diferencia do resto dos corpos e é uma diferença porque tende à relação do contato. Nada parece mais próximo ao tato do que o "corpo próprio" que aspira — como diz Nancy em *Corpus* [*Corpus*, 2000] e em *58 indícios sobre o corpo. Extensão da alma* [*58 indices sur les corps. Extension de l'âme*, 2006] — a um "toque justo": a um toque que se oferece afastando-se. Toque que antes de mais nada diz "há" o concreto e discreto ao mesmo tempo em que enuncia "há o há" como tornar-se sensação e sentido do concreto e discreto.

A filosofia de Nancy trata do abandono sem retorno de qualquer hipóstase do sentido. Começa e termina em um corpo que toca como prova de que o mundo é passível de sentido em sua concreção e discrição. No "ser-aqui" de uma matéria formando-se aberta ao tato há, para o filósofo, "dado" do mundo. Por isso é possível dizer que só um corpo é dado do mundo em sua concreção, discrição e relação com outros corpos se queremos que o sentido não fique "fora do mundo" ocupado por uma ontoteologia. Deste modo, toda coisa concreta e discreta no mundo tem seu fora-dentro do mundo. Nancy propõe o abandono do sentido cristão do mundo ou sua exata desconstrução como o indica em *A desconstrução do cristianismo* [*La desconstruction du christianisme*, 1998]. Acredita que só enfrentando o judeu-platonismo e a latinidade-cristã será possível levar a onto-teologia a seu fim na "morte de Deus" para dar nascimento ao sentido do mundo sem fechos litúrgicos. A singularidade, concreção e discrição do "ser-aqui" do tato como "dado" do mundo, supõe, para Nancy, a possibilidade de um sentir que excede ao olhar ou que constitui um olhar que já não é sobre a representação ou um olhar representativo. Uma filosofia do olhar pelo tato coloca em dúvida o paradigma da semelhança como o aponta em O olhar do retrato [Le regard du portrait, 2000].

Nancy dirá em Au fond des images (2003) que o pensamento monoteísta se preocupa com a idolatria — com a adoração de Deus mais do que pelo aspecto da representação — embora esclareça que o pensamento cristão considera a visibilidade do invisível que reúne a questão do ícone com a da representação. Na história ocidental, o preceito monoteísta do pensamento cristão se encontra com o tema grego da simulação na ausência de original. A desconfiança da representação é a mesma que pesa sobre as imagens e sobre a civilização das imagens, da que provém a defesa das linguagens das artes como de todas as fenomenologias sustentadas na visão. Aquilo que está sob observância na interpretação das imagens é o estatuto religioso do cruzamento judeu e grego, que é o da ausência na constituição da presença, e o do acontecimento monstruoso ocorrido na história e a história com a Shoah, que radicalizou o esvaziamento da presença, e todos seus efeitos estético-políticos.

O sentido de "representar" para a história ocidental, não é outro que o de voltar a apresentar de modo enfático indicando uma intensidade destinada a um olhar determinado. No mundo teatral e jurídico joga-se o sentido do termo como repetição e insistência no cruzamento entre a ideia e a imagem. Diz-se tanto nas práticas jurídicas como nas teatrais: apresentação insistente de um objeto para um sujeito ou presença apresentada, exposta ou exibida. Não é a pura e simples presença do imediato do "ser-posto-aí" e sim o valor outorgado a tal ou qual presença. A representação não apresenta algo de fato ou de direito sem expor seu valor ou seu sentido para um olhar determinado. Ao insistir, a representação procura apresentar o ausente da presença simples, sua verdade e sentido. Mas não o consegue nem no interior da história do monoteísmo nem no da história laica dos acontecimentos. Para Nancy, o sentido não é só uma coisa e sim a singularidade multíplice de sua abertura como regime de sinais ou presenças viventes nos quais se joga à procura das forças significantes. A história da semelhança foi desestruturada em seu sentido religioso e laico pelo acontecimento da Shoah, a partir do qual nem a representação das linguagens das artes nem das práticas políticas voltaram a rearmar seu sentido totalizador e orgânico. Nancy acredita que nossa contemporaneidade está dividida entre duas lógicas ou analíticas que não nos abandonam desde Kant: a da subjetividade para a qual existe o "fenômeno" e a da "subjetividade" para a qual só insiste a "coisa em si" ou presença real.

Das linguagens das artes Nancy dirá, em *As musas*, que finalizou o tempo das artes teológico-políticas, porque as artes ficaram abertas à fragmentação do sentido. Por isso, as artes não são o domínio do religioso, filosófico e político, e sim que se apresentam como a existência da técnica (*tekhné*) que não responde a nenhum fim ou sentido orgânico. Nesta direção, a técnica como linguagem das artes é fragmentária ou fractal e expõe o domínio daquilo que se apresenta sem essência alguma. Das linguagens das práticas políticas Nancy dirá, em *O sentido do mundo*, que se abriu o tempo do "ser-conjunto" como transitividade, que desloca o sentido para a multiplicidade por uma perda de qualquer verdade substantiva ou formal. Por isso, as políticas não são o domínio de um regime do senso comum dado ou organicamente reunido. Nesta direção, as políticas depois do "mito nazi" se deslocam entre o sentido saciado e o sentido esvaziado, buscando o encadeamento inacabável das palavras e dos gestos abertos, da escuta e do olhar sempre alertas.

A discrição do sentido parte da pluralidade das linguagens das artes que se dizem como técnicas sem essência e das linguagens políticas que se dizem como palavras e gestos abertos à escuta e ao olhar sem organicidade. Na singularidade, concretude e discrição, aquele que se sente sentir o mundo, abre o sentido sem fechos litúrgicos ou laicos a um "novo" idioma que repassa a tradição para uma ontologia da diferença tátil.

Coda

Nancy recupera, neste livro, os dizeres do Mestre Eckhart, sobre a criação de Deus, a ideia que enuncia que Deus "é", isto é, que "age". Em sentido estrito, "age-se" e "efetua-se" a "si mesmo" em todo ser criado como atualidade do ato de criação. Admira, deste modo, o caminho irrenunciável do homem capaz de "livrar-se de Deus", pedindo a Deus ser Absolvido de Deus — para abrir a abertura que dilacera o abismo —, afirmando a autoafeição do gesto de criação em si mesma. Gesto entendido como produção sem fim do mundo onde o homem da abertura só exclama pelo impulso vital em si mesmo. Nesse gesto, a abertura que dilacera a eternidade se faz "minha". Isto é, do homem como "cunhagem" do ato de criação. Viver e morrer sem exclamar mais que pela própria razão do impulso vital e do sentido pela linguagem é aceitar a autoafeição como única força de produção do mundo que abre diante de cada ato de criação a forma e o sentido.

Talvez, seja nesta direção que seja preciso interpretar o enunciado do Mestre Eckhart: "eu sou a origem de mim mesmo segundo meu ser eterno". A única singularidade eterna é a autoafeição da vida que brota e se autoproduz. Para os pensadores do mistério hermético reside ali a pergunta pela causa do impulso vital.

Dois contemporâneos como Nancy e Deleuze se aproximam deste problema de diferentes maneiras e por caminhos muitas vezes confrontantes. No entanto, parecem chegar ao impulso vital a partir de uma "abertura que dilacera o abismo" para o sentido ou de um "precursor sombrio" que problematiza a razão e seu sentido. Para Nancy esse impulso leva o nome de "cunhagem" ou "sacudida" que me libera de "mim mesmo" — desse mesmo com o qual sou mais igual para além do ser e da diferença — para nomear o real pela linguagem sem jamais significá-lo em sua completude. Para Deleuze, não sem certa ironia, leva o nome de "imaculada concepção" — como gênese passiva que produz a diferença vital na vida — para nomear o real pela passagem da esterilidade à gênese entendido como "despotenciada potência" que requer e excede a linguagem. Para ambos, trata-se, sem mais, de nomear o entre-lugar onde a vida gera uma vida, fazendo vida de toda vida.

Tradução de Maria Paula Gurgel Ribeiro

CADASTRO
ILUMI**N**URAS

Para receber informações
sobre nossos lançamentos e
promoções envie e-mail para:

cadastro@iluminuras.com.br

Este livro foi composto em Scala pela *Iluminuras*,
e terminou de ser impresso em 2020 nas oficinas
da *Meta Brasil Gráfica*, em São Paulo, SP, em
off-white 80 gramas.